畅想录

李储恩 著

光明日报出版社

目录

· 义理篇 ·

· 文化篇 ·

·艺术篇·

· 杂谈篇 ·

义理篇

善恶观的演变历程

1

有人的地方就有善恶。关于善恶学说的研究与争论至今从未停止过。尽管善恶的观念随着历史的发展亦有不同，但是以儒家为主的善恶观独领风骚数千年，至今不衰，其影响最为深远。

东汉的善恶观以王充的观点为代表，他认为“祸福不在善恶，善恶之征不在祸福”“人之性，善可变为恶，恶可变为善”“有善心则有善言，以言而察行。有善言则有善行矣”“故心善，无不善也；心不善，无能善”。主张吉凶祸福纯属偶然，道德活动与善恶并无必然联系，善心乃培养教育所生。

至魏晋，与汉代有所不同，玄学善恶观登上历史舞台。王弼、阮籍、郭象、向秀为魏晋玄学代表人物。王弼认为：无为即是善，是上德；有为是下德，导致争斗。阮籍认为仁义礼法是适应君主统治的需要而产生的，“君立而虐兴，臣设而贼生。坐制礼法，束缚下民，欺愚诳拙，藏智自神”。郭象、向秀认为“人性有变，古今不同也”。魏晋玄学善恶观主张善恶处于变化中，彼为善，此可为恶，用者为准。

至唐代，玄学善恶观遭到抨击，以韩愈为代表的一些力图复兴儒学之士认为，玄学“明心”“正心”，全为自己清净寂灭，而非为天下、国家。

宋代、明代善恶观分别以朱熹、王守仁的观点为代表，两者各持己见，针锋相对。朱熹认为应“存天理，灭人欲”，而王守仁则持天理吾心说，认为心即性，性即理，天理即良知。静时念，去人欲，存天理；动时念，去人欲，存天理。王守仁的善恶观对后代产生了深远的影响，他主张无善无恶是心之体，有善有恶是意之动，知善知恶是良知，为善去恶是格物。

明末清初的善恶观以李贽和黄宗羲的观点为代表。他们用理欲义利定义善恶，欲、利为恶源，理、义为至善，为公为他人牺牲者为善，为己损公损他人者为恶。

李贽认为昨是而今非，今非而后是，以己心定是非善恶，不以孔子为标准。黄宗羲认为“有生之初，人各自私也，人各自利也”“夫以千万倍之勤劳，而己又不享其利，必非天下之人情所欲居也”。个人对社会尽义务，社会必须给个人以权利，君主不能独得天下之权。黄反对封建旧道德，说：“治天下者既轻其赋敛矣，而民间之习俗未去，蛊惑不除，奢侈不革，则民仍不可使富也。”又说：“天子之所是未必是，天子之所非未必非。”可见，他主张通过思想教育、科学、文化实现移风易俗。

从汉代至明末清初，儒家善恶观大致经历了以上几个演变过程。除魏晋玄学善恶观独树一帜，其他阶段可以称得上是儒学善恶观的全盛时期。

2

西方的哲人们在近两个世纪内，对善恶的认识超越了国界，对世界产生了深远的影响，也对近现代中国人的善恶观起到了极为重要的作用。

培根认为善就是利人或有利于人类，善恶与利益有关。而洛克认为所谓善就是能引起快乐或能减少痛苦的东西，所谓恶就是能产生痛苦或能减少快乐的东西。

卢梭与之不同，他认为自然状态是人人平等自由，是私有制的产生形成了不平等，导致道德堕落。道德是社会产物，自然状态无善恶。人既有情感，也有理性，社会制度不能依赖感情，要在理性的支配下，通过公约将个人意志融合为人类总意志——“公意”（不是众意）。良心是人判断是非善恶的最高标准。人是自由的，善恶在自己。人要得到幸福自由，须努力进行自我斗争和社会斗争，从而改造社会。

尼采认为超人是强力意志的最高体现者，生命意志的力量是创造和超越，强者的善恶观是“最大的恶属于最好的善，不过，后者是创造性的善”。传统的善恶观（道德）包括基督教的善恶观都是奴隶的道德观，或曰弱者的道德观。在弱者的哲学中善者就是温顺和善慈爱，这种善半身不遂，恶则被看作危险和破坏。于是他发出一个呐喊，告诉我们超人行为是强者道德的善恶评价标准。他进一步鼓励人们通过进取、创造、奋斗来实现人生的成功，而鄙视保守、妥协、服从命运现实的弱者的道德观。

善恶观的演变历程是一面历史的镜子。在现实社会中，审视善恶，揭开恶的面纱，让恶无处躲藏，唤醒人的良知，是人类向往善的历程，也是遏制恶的历程。

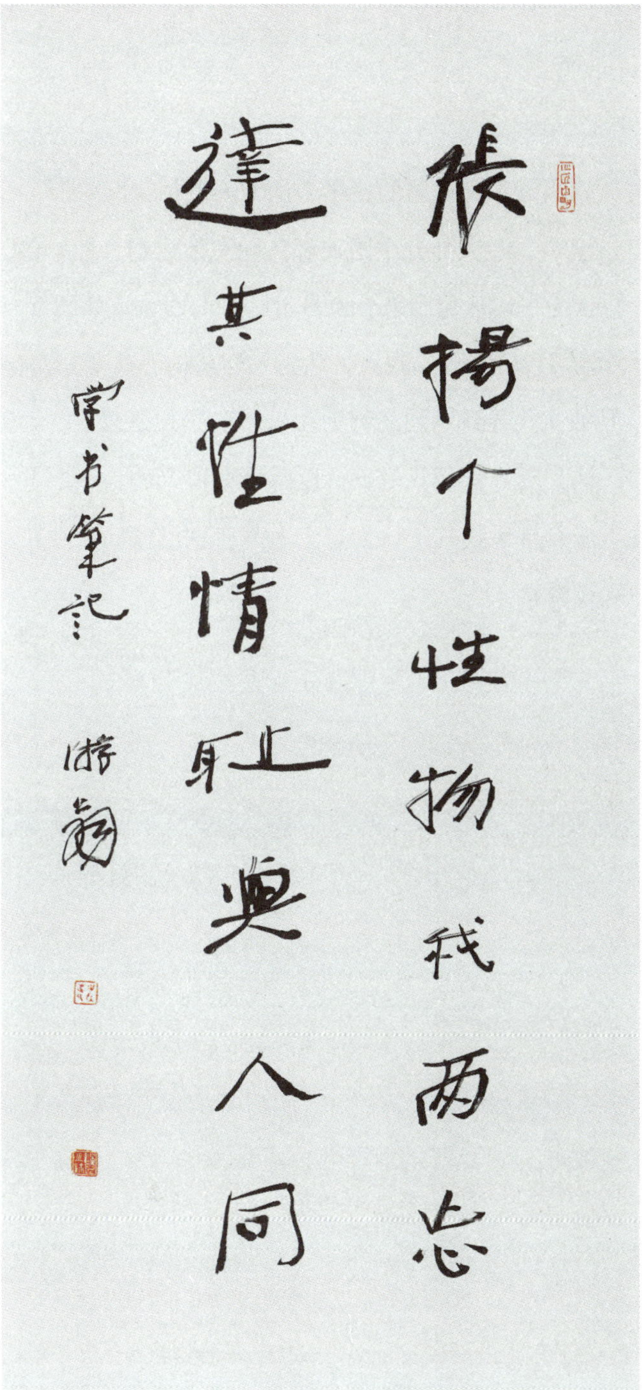
張揚个性物我兩忘
達其性情恥與人同
学书笔记

东西方的善恶观

善人认为天下都是善的，恶人认为天下都是恶的。

自古至今，绝大部分中国人都认同“人之初，性本善”的儒家观点，认为一切从善而来，人是善的。而西方人认同 “人皆有罪，行善才可以赎罪”的观点，认为一切从抑恶改变，人有原罪。

不同的文化导致不同的行为动机，东方人是以人性本善看待事物的，认为对方皆是我之友，以感情对待人物。而西方人却是以人性本恶看待事物的，认为每个人都有利己倾向，存在对他人为恶的潜在因素。

善　论

1

一切利生者皆为善，一切能避死者皆为善。因而培根说：“善的定义就是有利于人类。”

但是，善恶不是人类共同的标准，不同的民族，不同的时代，善恶的标准不同。

自近现代科学发展以来，科学为我们提供了与宗教不同的审视事物的角度。科学基于事实和逻辑，而宗教不是。譬如“此人比那人美，幸福比受罪可取”，只是出于价值的判断，而非基于事实，也非基于逻辑。

道德动机论的代表人物康德认为动机符合善良意志的行为就好，而效果论代表人物边沁和穆勒则以效果好坏作为判断善恶对错的主要依据。

从动机出发点来看“己所不欲，勿施于人”，自己不喜欢的，也不要强加给别人。自己吃肥肉也叫别人吃。然欲非人同，己所欲，应慎施于人也。

鲁迅说：“揭出病苦，引起疗救的注意。”这让我想起北京故宫乾清宫正殿上面有“正大光明”的牌匾，在这正大光明下，以皇帝为主，不同的人在演着不同的戏。正大光明是提倡的、理想的；很多时候，阴谋诡计才是现实的、真实的。

善在自身行为的体念中，善的价值在于既利己又利人。

2

霍布斯说："在自然状态中，人对人就像狼一样凶狠无情。"那么，善来自何处呢?

我答："善是礼义教化的结果，礼义是圣人的创造，人性本来恶，善是人为的。"

事实是只因善，善者失去了勇气，没了锋芒，没了斗志。人本（本性、天性）恶，圣人却说人本善，人皆善，人人是善。以善掩恶，恶被藏匿，恶行披着善衣，化成善装。

善有可能成为名利者的画皮、富贵者的外衣、霸强者的花冠、统治者的骗技、聪明者的魔法、愚者的宝典、穷困者的毒药、弱者的救命稻草、无知者的仙丹、有知者的笑料。

以此论善，则善是恶者的牺牲品。

3

从辩证的观点看，损人利己就是损己利人，为人制造痛苦就是为自己制造痛苦。

以此看善，善是行善者自觉自愿的行为。行善了，心里愉悦高兴。为名利行善不是真善，善欲人知不是真善。

行善不是道德，行善的人未必是好人，不行善的人也未必就是坏人，不要认为信神的人都是善人。

于善而言，善是天上的馅饼，善是免费的午餐，善是恶者的面具，善是善者的自作多情。

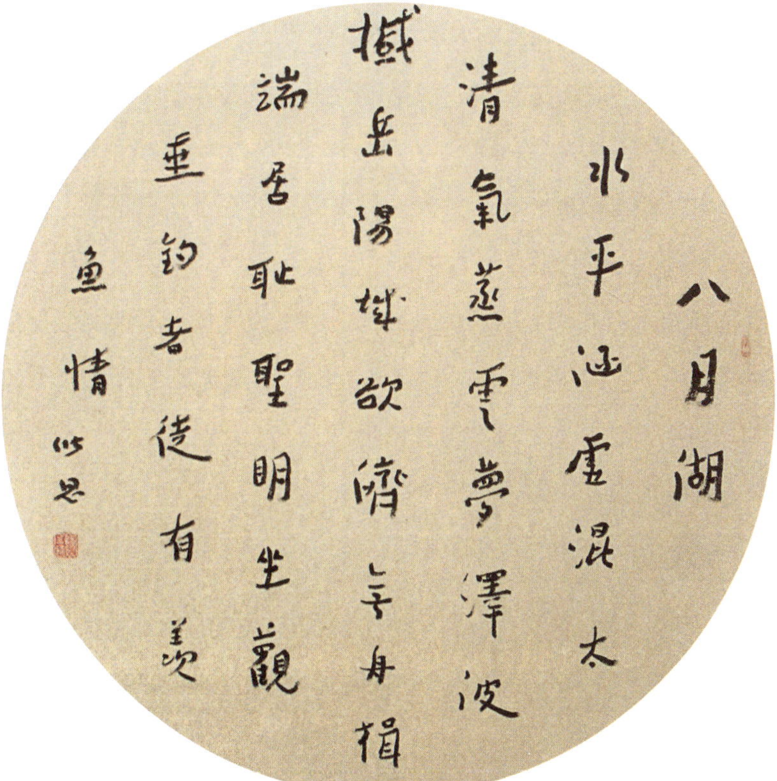
八月湖
水平涵虚混太
清氣蒸雲夢澤波
撼岳陽城欲濟無舟楫
端居耻聖明坐觀
垂釣者徒有羨
魚情

恶之追源

荀子说："人之性恶，其善者伪也。"那么，恶自何来呢?

我答："本能和欲望的无节制扩展就是恶，人间一切恶源来自人之欲望，欲望强烈的人永无快乐与满足，经常遭受痛苦折磨。在恶中求善，在恶中寻善，在恶中行善，最终寻见的是人生的幸福。"

有一位外国名人说："人生最大的目的在于追求幸福，而幸福的基础就在于物质生活与精神生活的满足。"

换言之，有德无钱是物质穷者，所以饿肚皮；有钱无德是精神穷者，所以人空虚。从某种意义上说，无知也是恶之源。

一个人的恶念，你看不见也听不到，不是长得丑俊，不是说话难听不难听，它和恶行同行时，你才看得见!

善恶说

1

人性本善，人性本恶，人性善恶皆有之。

现实中存在这样一种善恶观：他认为善有利就行善，恶有利就行恶，善恶都有利时就出双刃剑。

自古善人行善不用教，恶人行恶不用学。善人教也不会恶，恶人教也不会善。有人为自己行善，有人为别人行善，有人为名誉行善，有人为功利行善。

善以心论，恶以行断。善欲人知，不是真善。恶恐人知，必是大恶。

有人披着善的外衣行恶；有人语言是善，行为是恶；有人明着是善，暗中作恶；有人表面是善，内里是恶。

2

有知者不作恶，作恶者必无知。

损人利己就是恶，先人后己才是善。只是为自己利益行善是伪善，善欲人知是伪善。纵欲是大恶，封杀私欲同是大恶。

好坏善恶，人皆具备，皆围绕自己的利益随意使用。善恶的划分标准在每个人自己如何看待利益，如何做到既利己又利他。

3

社会种种恶行来自人心的黑暗、人性的恶，人的天性存在恶。人制造恶，犹如蜜蜂出于本能酿蜜，人皆有邪恶与黑暗的一面。

天性的恶之所以潜而不露，是因受到文明的约束。历史已经证明，人类离开文明，邪恶就无遗地暴露出来，酿造出种种恶果，如法西斯希特勒。

人性是很复杂的，既有恶的一面，也有善的一面，这就是一个人有时行善有时作恶的原因。

现代人之恶被掩盖着。只有自己解放自己，才会幸福。

4

康德主张人不分聪明愚蠢、富穷美丑，都具有理性。孟子认为人性本善，都有恻隐之心。佛家说，一心迷是真身，一心觉则是佛。我说："遵守道德是为自己，为别人也有为自己的动机存在。"

康德又说："恶折磨我们的人，时而是因为人的本性，时而是因为人的残忍的自私性。"以此观曹操之语——"宁可我负天下人，不可天下人负我"和路易十五之语——"在我死后，哪怕洪水滔天"，便知那是人不为己、天诛地灭、人性本私的真实写照。

可见人是私恶者，人欲是道之大敌。善与仁义，乃是恶的敌人、恶的牺牲品。辩证地看，人若皆恶，则恶灭；人若皆善，则恶也灭。

从历史的角度看，人皆恶，善伪也。"东郭先生和狼"与"农夫和蛇”并不是想象的故事，而是生活中的真实。

5

无论高尔吉亚的“美德随人的地位和年龄各不相同，恶德亦是如此”，抑或赫拉克利特的“善与恶是一回事”，都阐述了善恶相伴而行，作用也一样，恶也能改变世界，善极必恶的真理。

因为善恶是人创造的产物，有主观随意性，不存在一般德行定义，所以恶自善来，善也产生恶。

如果说善德是明智、勇敢、公正、节制，那么恶德则是指愚昧、懦弱、不公、纵欲。

6

孔子曰：“性相近也，习相远也。”孟子曰：“人性之善也，犹水之就下也。”荀子曰：“人之性恶，其善者伪也。”

其实人性是人的自然属性，善恶才是人的社会属性。善恶是相对（他人）而言，失去了他人做参考系，就无所谓善恶。鲁滨孙的故事再次有力地佐证了人必须具有自然和社会的两种属性，才能生存。

人天生的本能乃是性，如“生之谓性”“食色，性也”。荀子的观点说明了人性的本质就是自私，自私才是道德的本源。

以此看那些古代的统治者，之所以重用文人，全是为了愚弄老百姓，故意教导他们行善为他人，目的是培养百姓做顺民，以维护他们的统治。因为统治者都是以自我为核心的，而文人和老百姓则是他们的奴隶。

因而，人性的自私为我是绝对的，人性的无私为善是相对的。结论是人性本恶是绝对的，人性本善是相对的。

7

西方人是人性本恶观，把人都看作恶的，认为大家都恶，没法生存，只好求善，寄生命永恒于上天，相信灵魂不朽，心安愉悦于祈祷免罪的短暂时刻。

中国人是人性本善观，把人都看作善的，认为人性善，可内求得之，故听命于天，相信肉体不朽，能活一万岁。习惯把皇帝当天信奉，寄命于天，于天求善，容忍皇帝（天子）为非作歹、荒淫、残暴、滥权、伪善等，这是世俗的善恶观。而佛家则教人脱离苦海的自我修行，熄灭欲恶之火、生命之火，去精神寂灭。或许正因为人性本恶，所以中国古代圣人才主张让人向善，学知长智。

因而我说恶是绝对的，善是相对的。

8

善良是邪恶的敌人，善良亦是邪恶的朋友。善恶相伴，善恶同行。武器有善恶吗？书法作品的好坏怎么定？书如其人？如秦桧书法与岳飞书法，是以人论书，还是以书论书呢?

很多人总是把善恶定位在道德观上。实际上，恶乃人性本质，是人们把恶藏在内心深处作恶之故也。恶者不打着善旗就无法在文明的时代活着，以致人们善恶难分、善恶不分。所以有些穷善者才终生挣扎而无法圆梦，而有些富恶者却如愿终生富贵。

9

善恶如阴阳，有时善是面具，恶藏而不露。

以此论，说你好的人，可能是沾过你的光，或是打算沾你光的人；说你坏的人，可能是祸害过你，或是准备祸害你的人。

好坏善恶的标准在每个人的心中。

10

张潮在《幽梦影》一书中，对善恶做了如下分界：无善无恶是圣人（如“帝力何有于我”“杀之而不怨，利之而不庸”“以直报怨，以德报德”“一介不与，一介不取”之类）；善多恶少是贤者（如“颜子不贰过”“有不善未尝不知”“子路，人告有过，则喜”之类）。善少恶多是庸人，有恶无善是小人（其偶为善处，亦必有所为），有善无恶是仙佛（其所谓善，亦非吾儒之所谓善也）。

在我看来，人性善恶皆具，本质上善恶自身并未分圣、贤、庸等。之所以分之，乃是以人心而论的。善恶有变，古今不同。人须多元面世，时随当代，审视善恶，自成自我，即可做到无善无恶。

11

人本是善恶兼之，有单用，有兼用。单用善时，隐恶；单用恶时，隐善。

中国传统哲学说人性本善，那么恶从何来？西方传统说人性本恶，那么善从何来？如前所述，东方人认为人本性是善的，善才是好人。于是有人把恶隐藏在背后，打着善的旗号干恶事，表面上虽然是善，用的却是恶。

有说善恶是历史社会产生的。我想问，历史不也是人创造并推动前进的吗？

12

有的人习惯把人都看成善的，认为偷是因为饿，抢是因为穷，杀人是被逼的，损人利己是无意的。假如有人偷你、抢你、杀你，你怎么认为，你还会说他无意吗？

倘若你容忍恶行，那么你就是任人宰割的羔羊。

我观世上之人，有的人以自我为中心，事事为自己，却打出为他人的旗号。

13

谁有福谁享，谁有罪谁受。

史书所记，天下熙熙，皆为利来；天下攘攘，皆为利往。如以此论，自古善者多烦恼，恶者常惬意。

善恶之真，要么就懂透，要么就一窍不通。懂透就是不懂，一窍不通就是全通。

事实上，懂透的未必不受穷，不懂的未必不享福。

灾难是大多数人一生必然经历的，不分富贵与贫贱。只有勇敢才是人生永远的高品德，只有勇敢的人、无所畏惧的人才是推动社会发展的动力，才是真英雄。

14

自古对善恶的观点就有分歧，一者认为性本善，一者认为性本恶。

让我们从历史中追溯和查找善恶的踪迹，让我们感悟出善恶的本质与归宿，这对人生对社会无疑都是有益的。

从历史上，我看到有些认为性本善的人，往往第一步言善行恶，外善内恶，明善暗恶，假善真恶，虚善实恶，善少恶多；第二步善恶不分；第三步有恶无善。

有些认为性本善的人，满眼都是好人，没有坏人，总想帮助别人，牺牲自己，同情别人，把好事让给了别人，有时被一些假象蒙骗，到头来人财两空，后人只能嗟叹他是痴人一个。

而有些认为性本恶的人，往往第一步言恶行善，外恶内善，暗善明恶，虚恶实善，善多恶少；第二步善恶不分；第三步有善无恶。

可见，自古皆是“人之初，性善恶”。智者善，恶者暗，人性善恶俱有。明善暗恶，阳善阴恶，人善自恶……以此看历史，历代统治者中不乏打着为民的旗号而中饱私囊的恶者。

倘若愚者一味行善，便是恶的牺牲品。

15

有些人认为人都是好的，有些人认为人都是坏的，其实人是好坏兼而有之。

以此论，善是先天的、本能的，人人都有的，性相近之故；而恶是后天的，在实践中才产生了恶，习相远之故。显而易见，产生恶主要不是教导的原因，但我相信教导后可以慢慢地近善。

人对恶不能只强调“教”而忽视“管”。

16

倘若善欲人知不是真善，那么人不知的善怎么判断是善?

孝顺、感恩、先人后己、与人为善都是提倡的德行，有些善行也是为自己的利益而为。但是，如果过分地宣扬和拔高行善者，就可能会诱导人们争先恐后地去实施伪善。

有的人，明明在损人利己，希望人人为我，但是却装出一副我为人人、先人后己的样子来。如果这样，你千万别认为他是善良真诚的，其实他的本恶掩藏得很深很深，只是他努力不让人看到或感觉到而已。如果这样，你还认为他是善的，那么你也就失去了看到本恶的本事和能力。

其实，性本善和性本恶两个观点之别在于，一个认为人都是善的，恶不是故意的，不相信人性本来是恶的；另一个认为人都是恶的，不相信善是真的，认为善是伪装的。

如果善恶的真相被掩盖，善恶的价值标准也就不复存在，那么世上的人就会谁也不信谁、谁也不服谁了。

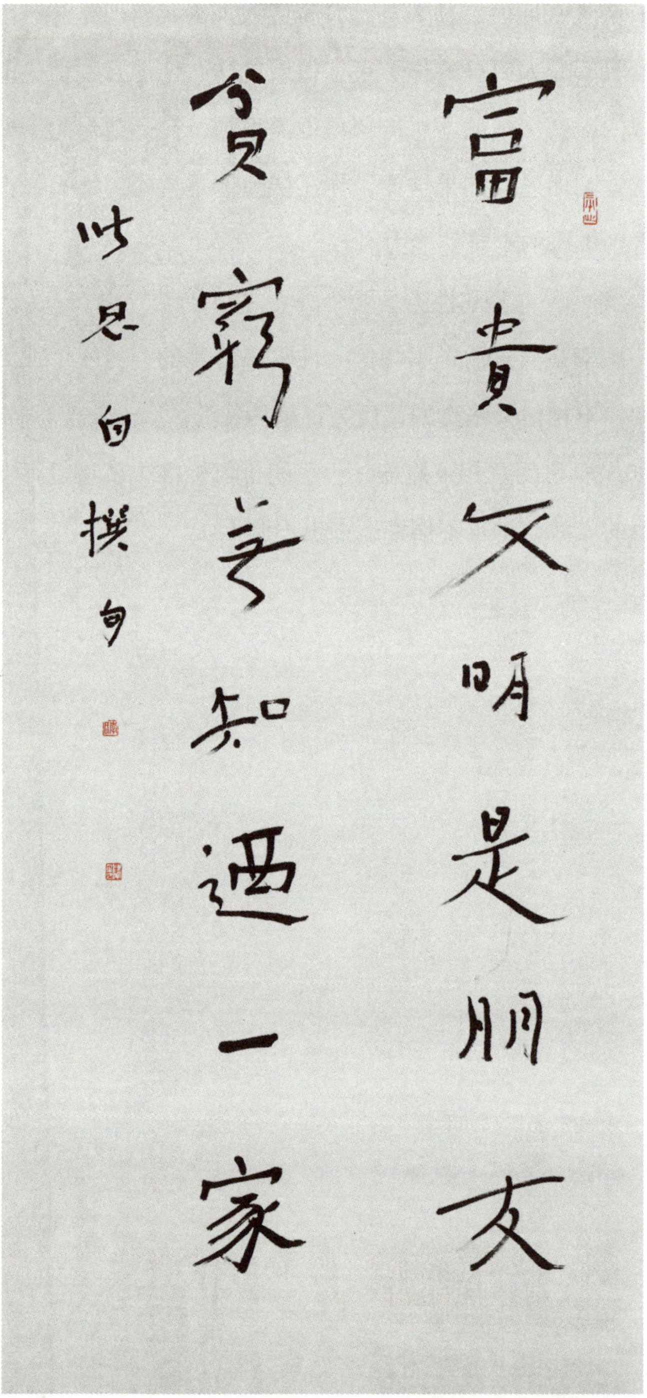

让恶向善

我从历史中看到，人性本善是封建统治者戴的花冠。它披红挂彩，以致人们养成视权力为真理的习惯，忍受有权者行恶，任有权者做出指鹿为马的恶行。

穿越历史的烟云，两千多年的封建史一再证实了"人性自私"，所以我一再主张"人性无私"中有假。

但并不是说我们将来一定会作恶，而是说恶与生俱来，人人皆有作恶的心理或动机。

如果你有了对人性中恶的认识，你就会看到现实中有的人在行尔虞我诈、自私谎骗、凡事为私的事实，你就会觉得这其实是正常的，这是他真实的心理表现。你就会看清有的人表面上的行善助人、先人后己是假的。

人性本来就有恶，为什么只说是善良的呢？而我相信，的确因为有了文明，我们的前途才会充满光明。

由此而言，文明的本质就是让恶向善。

义利之间

义是道德规范，属精神价值；利是物质利益，属功利价值。

自古义利之间有争论，百家众说纷纭，各有主张，至今大致有五种形态：以孔子、荀子、董仲舒、王夫之等为代表的重义轻利论，未免偏颇；以孟子、二程、朱熹、陆九渊等为代表的崇义非利论，较极端；以商鞅、韩非、桑弘羊等为代表的崇利简义论，则过于极端；以老子、庄子、邵雍等为代表的义利双弃论，则属“虚无”；唯有墨子、叶适、陈亮、颜元、李觏的义利兼重论，尚不失偏颇。

叶适说：“凡天下之可言者，皆两也，非一也。一物无不然，而况万物？万物皆然，而况其相禅之无穷者乎！交错纷纭，若见若闻，是谓人文。”

天下万物无不有两，无不由纷纭交错而构成。于是我重今崇今，这让我想起李大钊说过的一句话：“今是生活，今是动力，今是行为，今是创作。”

永恒的感情

有人说，只有永恒的利益，没有永恒的感情。这虽然失之偏颇，让人难以接受，但确实是对人性的真实表达。

人为利益而交往，在交往中产生了感情。当两者结合时，感情在先，随之浓烈。当因某方利益受损而停止交往，感情也随之淡薄。也就是说人为利而交往，互不吃亏才有永恒。

生人与生人交往，得益方感到让利方有德，不想损害别人，于是产生感情，成为朋友。

然而的确有一种感情真实存在，它是永恒的，是心灵的受益。如被对方的德行感动，或被才气、能力打动，属于“相见亦无事，不来忽忆君”的情感，不受物质和利益支配。

幸福说

人的一生只要做了自己愿意做的事，做了自己喜欢的事，这就是幸福，这就是快乐，这就是成功。

如果你干着违心的事、不愿做的事，强干，硬干，勉强干，这就是烦恼、失败、遗憾。

人生的幸福就在于你一生干了自己喜欢并愿意干的事。

为自己活着的人没有完整的幸福，为他人活着的人也没有完整的幸福，只有既为自己活着又为他人活着的人才能感到真正的幸福。

不要只追求结果，还要享受过程。如果你一生中的多数时间都是在愉悦的过程中度过的，那么你的一生就是幸福的。

问问自己

恶不因善而善，善不因恶而恶。

世俗浪潮席卷个体的生命，有些人不太清楚自己为什么活着，浑噩混世，不愿意为自己确定一个恒久的价值目标。

我们总是向往神交，但你如果试图仅从脸、语言、行为上就去看透人的心，做到彼此透明，心心相印，是徒劳，亦是枉费心机。

所以，你不必奢望去让人理解自己，也不要强求人听从你智慧的指引。

痛苦之余，试问自己：地球在转，你算什么？！

精神的逍遥

人活得卑劣很容易，懒惰、任性、嫉妒、追名逐利、不择手段……人活得高尚很难，淡泊名利、厚德载物、知足、不计较得失……人就是在易与难之间追求精神的逍遥，这是精神生命的体现。当世界变成一个地球村的时候，你从任何一个地方都能进入。

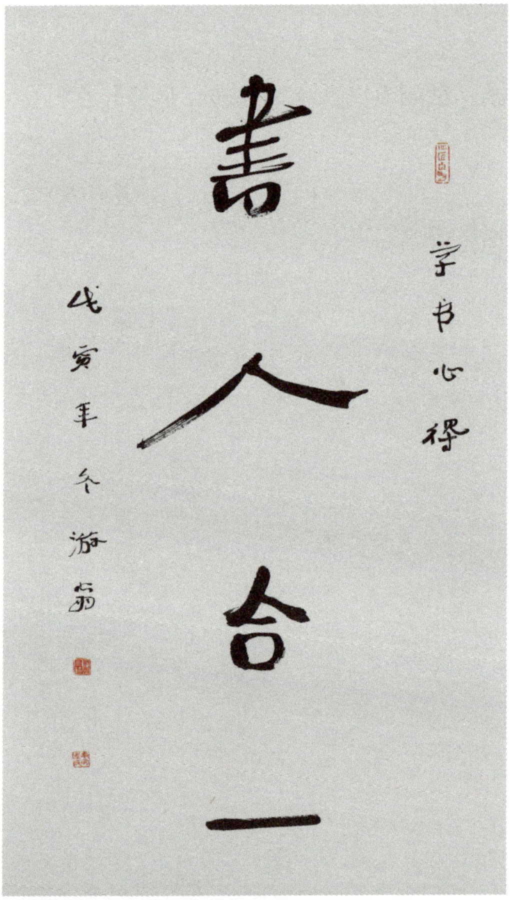

仁爱与明心见性

儒家以“仁、义、礼、智、信、恕、忠、孝、悌”的仁爱思想，来维护社会的长治久安。如孔子在《论语·颜渊》中说“己所不欲，勿施于人”；朱熹在《大学·或问》中说“是以君子之心，豁然大公，其视天下，无一物而非吾心之所当爱”；程颢在《识仁篇》中说“仁者浑然与物同体”。可见，儒家是以内仁的规定约束来形成外礼，以此实现礼的道德价值，其根本思想在于仁者爱人。

儒家的“仁爱”含有丰富的人生哲学，里面有精华，也有糟粕。对我们而言，在现实中感悟其中的精华，体证人生，对自我、对社会都是有益的。

境界说

古往今来，追求高境界成为文人墨客的理想。境界之存在，如以现实为凭据，则人人可入。我以为境界有二：

一为有知识：懂科学，懂风俗，不迷信；识善恶，识真伪，识美丑，知爱恨。

二为有经验、有实践：知者不惑，仁者不忧，勇者不惧。真实，就是在合理的情况下表现自己的本性。

道德论

1

有强者就有弱者，有富者就有贫者，从来都是二元对立的。

强者与富者所占资源较多；而弱者与贫者则为生存而拼搏，对他们而言，减少苦难便是善，如怜悯、施惠。

其实，道德是人们取舍之间的行为。大德为他，小德为己，德不分善恶。善良说起来易，做起来难。理论道德易，实践道德难。德以扬善，法以惩恶。若法都不管用，德何治之？自律亦无用！

世上从来都是真善美与假恶丑并行的，而智者两者都能看到。

2

道德本质上就是对人的自然本能和欲望的一种限制，它从自然本能和欲望的反面用理性限制、解读生命。

人的本能和欲望是无可非议的，属于天性。生命力强是好事，但是生命力弱不一定是坏事。故意弱化人的生命力就是恶，而意志坚强的人即使在困境中也能感到快乐。

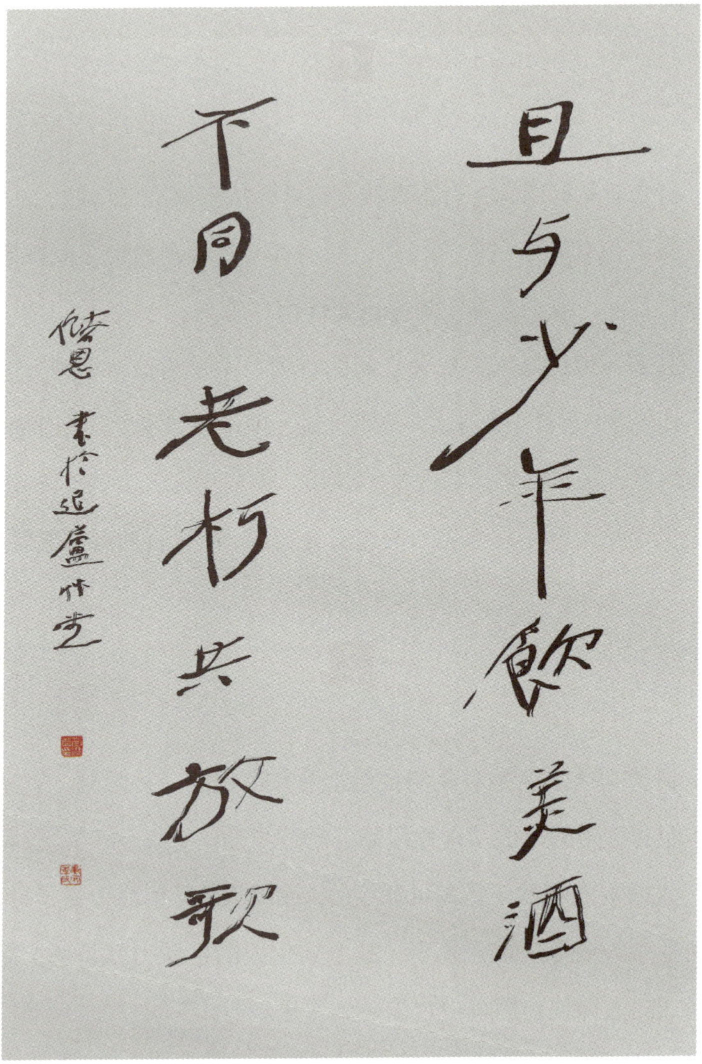
且与少年饮美酒
下同老朽共放歌

美丑论

世间万物本无美丑，美丑是人对万物的审美认知和感悟。不同的人会有不同的审美观。人的国家、民族、地域、出身、学识、年龄、职业不同，认识事物的角度也会有所不同。

我记得敦煌莫高窟壁画《报恩经变》中记载了这样一段故事，大意是说：善友历经千辛万苦，从龙宫取得摩尼宝珠，归途中宝珠被弟弟恶友抢去，并被刺双目失明。从此，善友以弹筝卖艺为生。他流落到异国守护果园，异国的公主听其弹筝，被美妙的音乐打动而爱上了善友，遂不顾父母反对，与善友结为夫妻。后来，善友双目复明后回国，赦免了恶友，结局是全家团圆。

这让我想起庄子所说：“其美者自美，吾不知其美也；其恶者自恶，吾不知其恶也。”

美向来是主观的和相对的，因人而异，没有共同的标准。

时间论

世间万物都有可取之处，不要为先入为主的概念所蒙蔽。

时间不能倒流，它使你的生命无法重复。这么说，挥霍生命就是对自己经历的否定、删除、抛弃，就是忘记过去。但人生可以随时变换方向，螺旋行进。

时间是用来流浪的，生命是用来遗忘的，心灵是用来歌唱的。

赫斯特说：“生和死就像黑与白，你想要了解黑的，可是你手上只有白的。”约翰·奈斯比特说：“享受人生，接受死亡。”而在我看来，生和死都一样。

论自由

1

人生就是不断追求自由的过程。于是，什么也不明白，什么也不知道；什么也明白，什么也知道。不明白就是明白，不知道就是知道；明白就是不明白，知道就是不知道……没人能说清道理，人类就是在探索中发展的。

“人”字好写，但做人难，追求一种理想的人生更难。我们应该成为什么样的人？有的人似乎也没有方向。而我认为，在良知与私欲、自由与道德之间显身手，在自由中不逾矩，便是理想中的为人。

以此而论，人生就是戴着脚镣跳舞。

2

人们都在追求自由，其实世上并没有绝对的自由。如果一个人得到了自由，那么，这个人一定失去了一些东西。

想自由的人是想挣脱束缚，但是如果他得到了自由，他将势必受到一些束缚。其实，人们真正想得到的是自由和束缚间的平衡带来的心理愉悦。

3

一切人生而平等，都有追求自由和幸福的权利。

自由就是在法律规定的范围内，随自己意志做不伤害他人的、符合正当权益与公益的一切事情的权利。

密尔说，你的自由停止在我的鼻子跟前。

自由，先生而后熟，熟后而再生。

德使人进行心理的自觉制欲和护道，让万物发展。自由与之不同，自由的本性中含有理智，是随心所欲而不逾矩的自由。

于我而言，自由就是不想你不喜欢想的事，不与你不喜欢的人交往，不做你不喜欢做的事，不读你不喜欢读的书。

诘问人生

你来地球干什么？

人活着为了什么？

就为了活多少岁？为了娶妻生子、繁衍后代？为了享受荣华富贵？为了吃苦受累？为了争权夺利？为了饱食终日，时刻为自己活着？为了做贡献，困难时挺身而出为国捐躯？

人的生命不仅属于自己。没有别人，你无法生活；没有国家，你没有安全；没有法律的制约，你处处受害！

人怎么算生活得好，怎么算生活得不好？

好与不好的标准因人而异，只要你觉得快乐，你的生命就因此而变得永恒。

说意趣

意是意义，是指价值和作用，似乎与德有关，具有一定的制约性。

趣是趣味，指使人感到愉快、有意思、有吸引力的特性，主要是为了怡神。

人啊！讲意义易，讲趣味难，意趣结合更难。

所以，“语”是敌亦是友，人当去除语障心囚，而回归素朴的平常之心，可至意趣之境也。

变性的灰色

黑白并行，事物之真。黑白之外，事物之虚现。观之者须是明道者，可以此观天之变、地之变、人之变。

黑乃原性，是真；白乃原性，是真；灰为变性，是恶假。

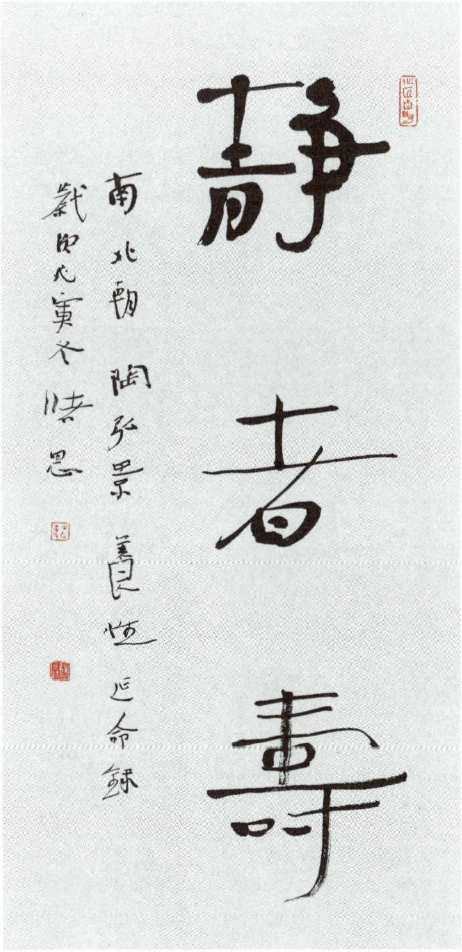

人的行为动机

人的行为都受动机驱使。

这个动机有两个，一个是阳的，一个是阴的；一个是光明的，一个是黑暗的；一个是在前的，一个是在后的；一个是在外面的，一个是在内里的。

你能一眼看透两个动机不容易，不过只要你记住所有的行为动机不只有一个，那么看透另一个就很简单。

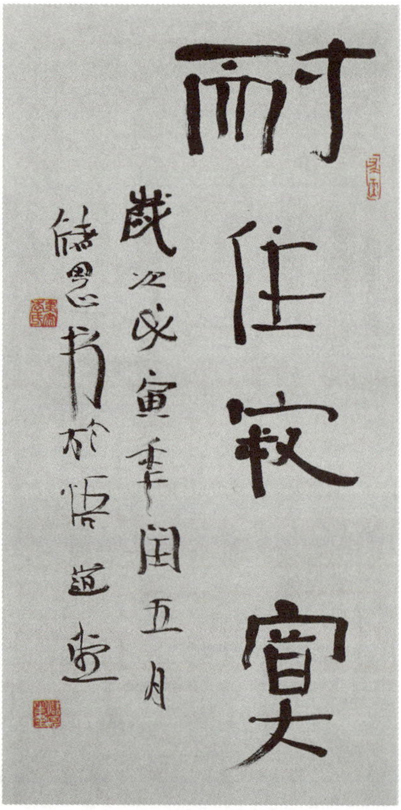

物质与精神

历史长河奔腾不息，人类世界日新月异。

20世纪以来，社会发展速度快、成果多。随着工业革命的进行、电子计算机的普及与信息传播手段的革新，人类的生产和生活发生了巨大变化，思想观念也随之发生大转变。

事实证明，机械化程度愈高，人对机械的依赖性愈强。于是，人们不断被机器占有，一些不良的社会现象开始出现，如人情冷漠等。人不应最终成为机器的附属物、机器的俘虏。

科学与人文的背离，会造成一些社会问题。有识之士为此高呼，物质文明的高速发展，并不应该妨碍人们对精神文明的追求。

新古典人生

制度越是民主化，伦理就越是个性化。为求生存和生存得更好，人们不再甘愿受封建伦理道德和观念的束缚，纷纷挣断生命的缚绳以更好地享受人生。以此来看，曲从古人是纯古典人生，而张扬个性则是新古典人生。

在当代社会，新古典人生更加崇尚精神自由。思想应是过程而不是产品，一个没有灵魂的人就是一个普通的动物。

我观宇宙之中，真理昭炯，而天道无亲，只要你心里有坚定的信念，你就可以成为你自己的主宰者。

世界大战背后的人类精神

老子曰："天下皆知美之为美，斯恶已；皆知善之为善，斯不善已。"

美与善向来有争论，但关于美和善的价值认同古今中外却大致相同。"一战"和"二战"将美与善的价值标准彻底揉碎。

"一战"爆发于1914年，1918年结束。参战国家30多个，卷入战争的人口在15亿以上，死伤人数高达3000多万。

此时，人们完全陷入对战争的恐慌中，思想界为之震惊，随之产生了革命化、精神分裂、形式主义等三种状态的文论。我对叔本华"非理性；世界是我的表象；世界充满悲剧"与尼采"上帝已死；重新估价一切价值；权力意志"表示理解。

然而，不幸的是"一战"的伤痛并未褪去，1939年"二战"全面爆发，直到1945年才终结，几乎席卷全球。有60多个国家和地区、20亿以上的人口卷入战争。

世界再次陷入战争之中，于是，存在主义产生影响。焦虑、不安、无聊、冷漠、荒谬、虚无、绝望、死亡得到共鸣，人的整个存在连同他对世界的全部关系都从根本上成为可疑的，人失去了一切支撑点，一切理性的知识和信仰都崩溃了。

"一战"和"二战"的背后，是人类文明与蒙昧的较量，也是人类展开对自我生命价值怀疑的开始，新的个体自由精神也就由此发端。

“三我”论

认识你自己。但人对自己非常陌生，往往忽略自己，而穷尽力气去认识自己之外的东西。可以说，每个人和他自己之间的距离都是最遥远的，而这往往隐匿于无意识中。

人往往以自我为中心，思想界对于自我的研究也从未终止过，大致有本我、自我、超我之分。

“本我”源于本能与欲望。由于不融于社会道德，它潜伏在潜意识里，不为人知，是所有热情的来源。它迫使人们去满足自己的要求。本我是自私的，它只对自我欲望有兴趣，不听理性指挥，具有桀骜不驯的特点，自己冲动时明知不合理，也要去干。人在不认识自我时，自己距离自己最远。

“自我”是内在冲突。现实中的人不是纯“本我”，而是在一定条件下既满足个人欲望和本能的需要，又力求让自己成为有道德的人。

“超我”是“本我”通过双亲、老师等人的影响及道德权威的影响，突破其“潜在性”发展成“超我”，道德变成“良心”而发挥作用。超我的特点是追求完美。

三重生命的统一

柏拉图、黑格尔从精神生命角度论述美，达尔文从生物生命角度论述美，李泽厚从社会生命角度论述美。

生物生命获取生存成功则畅美欲醉、甘美如饴。反之，生存受阻则痛苦难熬，这都是生物需要的满足。

精神生命不是苏格拉底所说的两匹飞马的“灵魂”，也不是黑格尔所讲的“演变概念”中的“无中生有”，更不是宗教中神、佛、仙的化身。

精神生命是人的大脑细胞对人自身生命活动的记忆和创造，是大脑细胞对主体活动的“自我反知”和“自我扩张”。

精神生命有三大要素：一是人物，自己和以自己为核心的人物，只有自己可感受到；二是精神时空，精神生命存在与活动的地点与方式；三是满足生命欲望的生命活动。

大脑处理外部信息，支配身体发出行动，消极的储藏记忆可被激活。

因而，生物生命是以 DNA 密码来记忆的，而精神生命则是通过大脑来记忆的。

生命的三重定义

1

生物生命

人的诞生,使人具有了肉体的、生物的生命,它是基因的组合、交换并在肉体中表达与共生的生命。人们通过寻找、创造、保护生存条件，避开痛苦，寻找畅美欲醉、甘美如饴的快乐，进而实现生命的目的，比如灯的发明。但是生命的本质是为了生存而与死亡做斗争，通过奋斗，追求时间的永恒性与活动时间的无限性。

生物生命是从人的生命诞生开始的，再到生命行为的实现，从而达到生命的目的，进而追问生命的本质。

2

精神生命

精神生命是信息的记忆，是人现实生命的黑白版。

精神的生活涉及爱情、精神饥饿、权欲、争权夺利的战争、死亡，以及艺术的精神交流等。

人类通过积累与凝结生命的结晶，从而创造艺术、神话、宗教等精神属性的产品，给肉体的生物生命以精神的寄托和充实的生命。

艺术是艺术家精神劳动创造的产物,给人视觉的启发和享受。

不同的个体、族群、地域也有不同的神话，于是人的精神时空里不仅有现实的内容，也有其他方面的内容。

神话的主题总是与创世、人类的诞生有关。灾难，是人类破坏大自然后，大自然给予人类的报复。救世，是英雄来拯救世人的。由此可见，神话是以发明创造为主的超人的神格化，与去探险和征服的英雄等有关。

3

社会生命

无论是燧人氏教人使用火、有巢氏教人建造房屋、神农氏教人耕种等对人类生存模式做出的贡献，还是黄道婆改进纺织技术、鲁班发明木工工具、张衡发明地动仪、李时珍研究药物等对人类生存技能做出的贡献；无论是现实生活意义上的发现新大陆的哥伦布、社会生存意义上的儒家社会结构设计者孔子、西方三权分立提出者孟德斯鸠以及精神生活意义上的著名艺术家和传世艺术品等对人类生存条件做出的贡献，还是老子、哥白尼、达尔文、马克思等为人类在自然世界感知适应斗争而阐述了不同的世界观所做出的贡献，这些都为整个人类赋予了诸多的生命，从而让我们每个人也获取了丰富的社会生命。

因为他们为人类做出了贡献，所以人们记住了他们。

同样，大小权力拥有者，因为合理使用权力，稳定社会和谐，也不同程度上对人类做出了贡献。

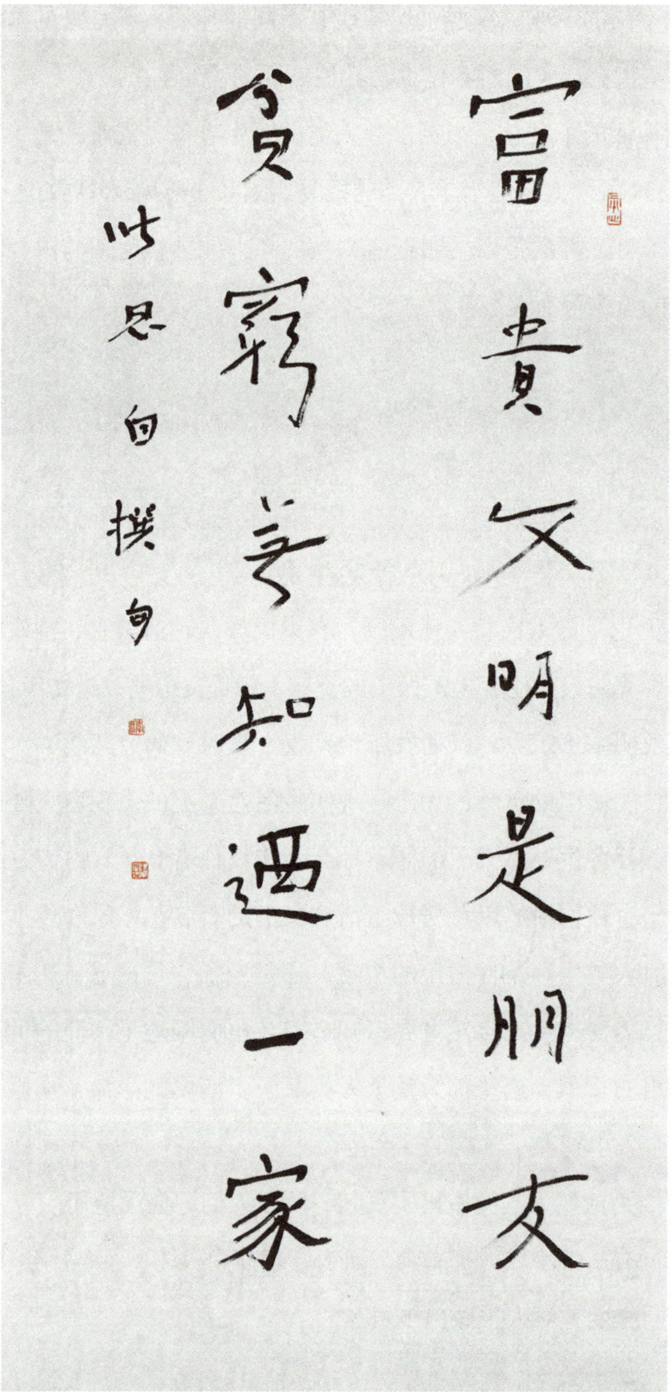
富貴文明是朋友
貧窮善知遇一家

人生的符号

？——

，——

！——

。——

倘若事物不可追，源头是混沌，那么人生从开始到结束则如大海里的一叶行舟。在生命的航程中，必先有对懵懂世界的问知，在问知的每个人生阶段，似乎没有绝对的终点。只有在不断体悟的过程里，你才会感受到那些如"财物是你的致命敌手，暂时的欲望、永恒的真理，人生的价值是有精神追求、对人类有贡献、超越物质享受"等对生命真知的实践与验证，然后你或许会慨叹岁月悄然而逝，为什么到中年之后才恍然大悟，于是必有那一声无奈或奋进的慨叹。但人的生命总是有限的，聪明的人会从懵懂中的那一问开始就用心体会，去揭开大千世界的面纱，从而有一个无悔的人生结局。但大多数人却在岁月的消耗中不断嗟叹而终老。

逾越之间

人在善恶之间，人在生死之间，人在忙闲之间，人在哭笑之间，人在黑白之间，人在美丑之间，人在好坏之间。

人在黑夜白昼之间，人在此岸彼岸之间，人在光明黑暗之间，人在糊涂明白之间，人在愚蠢聪明之间，人在快乐烦恼之间，人在幸福痛苦之间，人在幻想现实之间，人在英雄无赖之间，人在感性理性之间。

人生就是在两极之间不断抉择，从而对生命做出正确的取向。

心的愉悦

不俗即仙骨，多情乃佛心。

只看不想，什么也别想，想也没有用，干脆就别想。做你愿意做的事，做你喜欢做的事，爱你喜欢的人，赏你喜欢的美，读你喜欢的书，写你喜欢的字，闻你喜欢的味道，占有你喜欢的空间，愉悦你喜欢的时刻，选择你喜欢的生存模式，营造你喜欢的灵性空间。

在物质上不当穷人，在精神上不当奴隶。

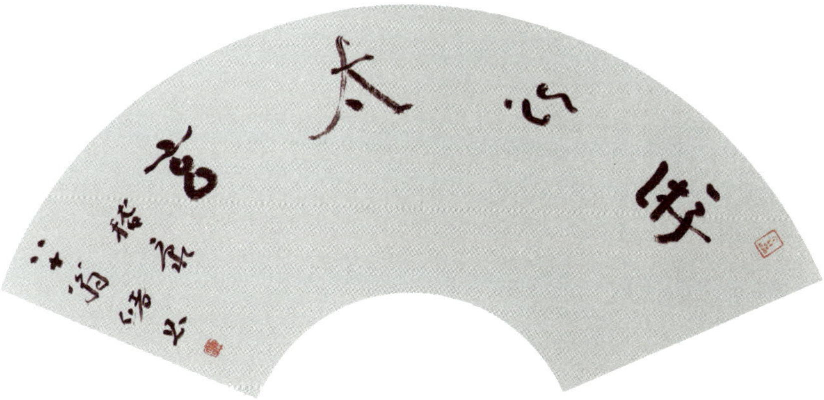

哲学的诞生

当古希腊人提出“世界由什么构成”“世界的根基是什么”这样的问题时，哲学就诞生了。随后，古希腊哲学家苏格拉底提出“什么是正义”。

在哲学诞生之前，很多人总是通过听命于权威来认识世界，从来没有经过自己的独立思考。而哲学的诞生，让人们学会了对事物和谐关系的思索，聪明的人始终循着哲学的诞生之路，用哲学思辨精神来净化灵魂。

以趣为先

儒家看到的是修齐治平，佛家看到的是修禅悟道，道家看到的是仙缘慧根。

企业家看到的是管理经验，普通人看到的是人情冷暖。

读书穷理，以趣为先。

过去和未来都是烦恼之源，所以，你应该愉悦你的每时每刻。

和谐的心境

人与人、人与自然之间的和谐，需要通过人的内心冲突，让心境达到和谐。

因而，追求美好未来的标准，就是和谐发展。

通过发展而最终达到人与人之间的和谐、人与自然之间的和谐，这是全人类的共同目标和追求，即“和为贵，和为美”。

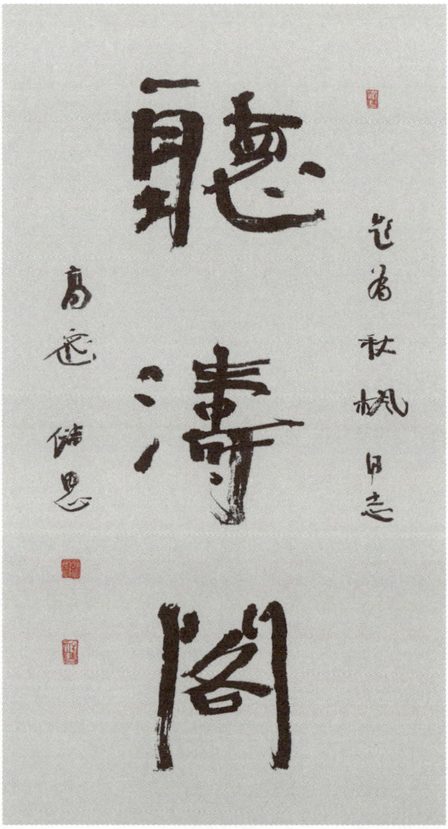

观念决定情绪

窗小亦能观风景。

通过信仰让精神达到愉悦，通过物质让形体达到愉悦，不要为物质的得失而伤害精神。

观念决定情绪，别为得失而快乐或伤心。任何一种观念都不是绝对永恒的，而是随着时代发展而更迭的。

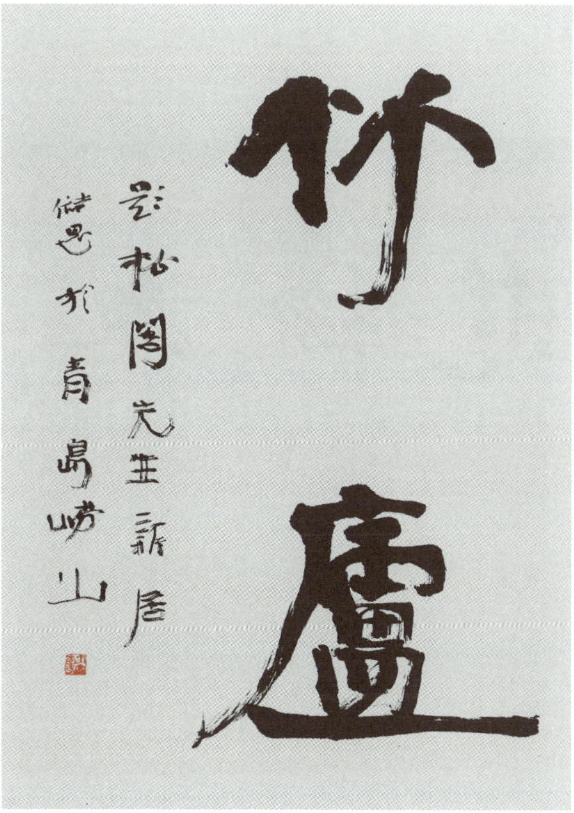

永恒的终点

生命永恒的终点在过程中，人生的终点在幸福、安宁、平衡、无数的暂时中。

星星之火，可以燎原。谁能掌握种子，谁就能掌握世界。

活好每一刻，愉悦每一刻，欣喜于每一时空，在生命的终点上书写永恒。

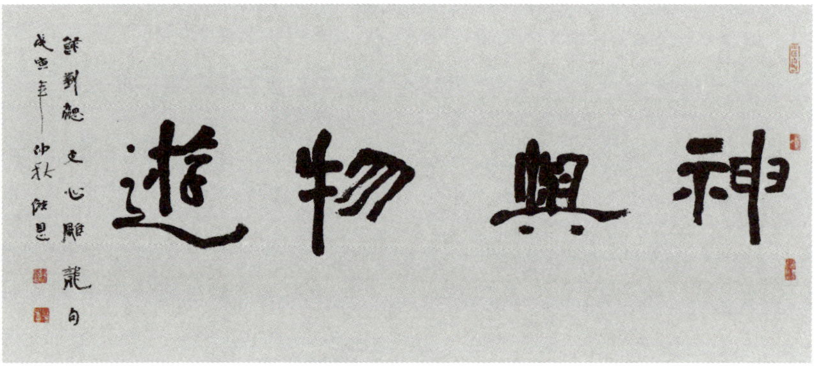

幸福的彼岸

生活舒适只是“足”的前提，而不是“足”。人有欲望就很难知足。知足是寻找自我、寻找生命中乐趣的开始，也就是精神生命的开始。

幸福是什么？幸福是愉悦的感受，是追求的彼岸，是你在做你想做的事。

知足的人最幸福，所以别把自己的幸福底线划得太高。人之所以觉得痛苦，是因为幸福底线划得太高，担心自己不幸福。

圆梦的过程

地球是圆的，世界是平的，人的脑袋也是近似圆的。然而人的一生却是一个不断圆梦的过程，为实现梦想而不断求索。

世上之事，往往是你占有了什么，什么也就占有了你；你若不分利害，一味占有某种事物，占有物也会伤害你。

天道向来无亲疏，天帝向来无仁义，所以人需要行善积德、情理融通，应似道法自然。

变化流动的本真

莎士比亚说："最重要的是成为本真的你。"赫拉克利特说"万物皆流"，意思是万事万物都处在流变之中。

人们总是把永恒不变、牢固持久、永不消失的东西作为信仰的对象。而赫拉克利特却告诉我们："根本就没有这样的东西！变化流动才是生命和宇宙的规律。"

因而找到真正的自我，做自己的主人，才是生命变化流动的本真。

做自己的主人

辩证观古，多元视今。可见的是世界万物一切皆变，万物常在；不可见的是人的灵魂与道，一切永恒，一切永在。

能忍耐，就能得到最大的福报。淡忘过去，过去是绳索，是陷阱。注重现实，重视求证，珍惜每一分钟，在总结经验的基础上，勇于创新，把纷扰、烦恼变为认识学习的材料。简单就年轻，世故就显老。

歌德说：“人必须每天去争取生活与自由，才配有自由与生活的享受。”

不能主宰自己，便永远是一个奴隶。只有做自己的主人，以巨大的创造力为人类做出贡献，才能真正实现人生价值。

我的人生哲学

不让别人吃亏，不占别人便宜。

不在别人编织的网中挣扎生活。

读无字书，弹无弦琴。

逍遥过关，过关逍遥，熔铸百家，自成风貌。

清风抒怀，淡泊舒心，闲窗静气，涵元养生。

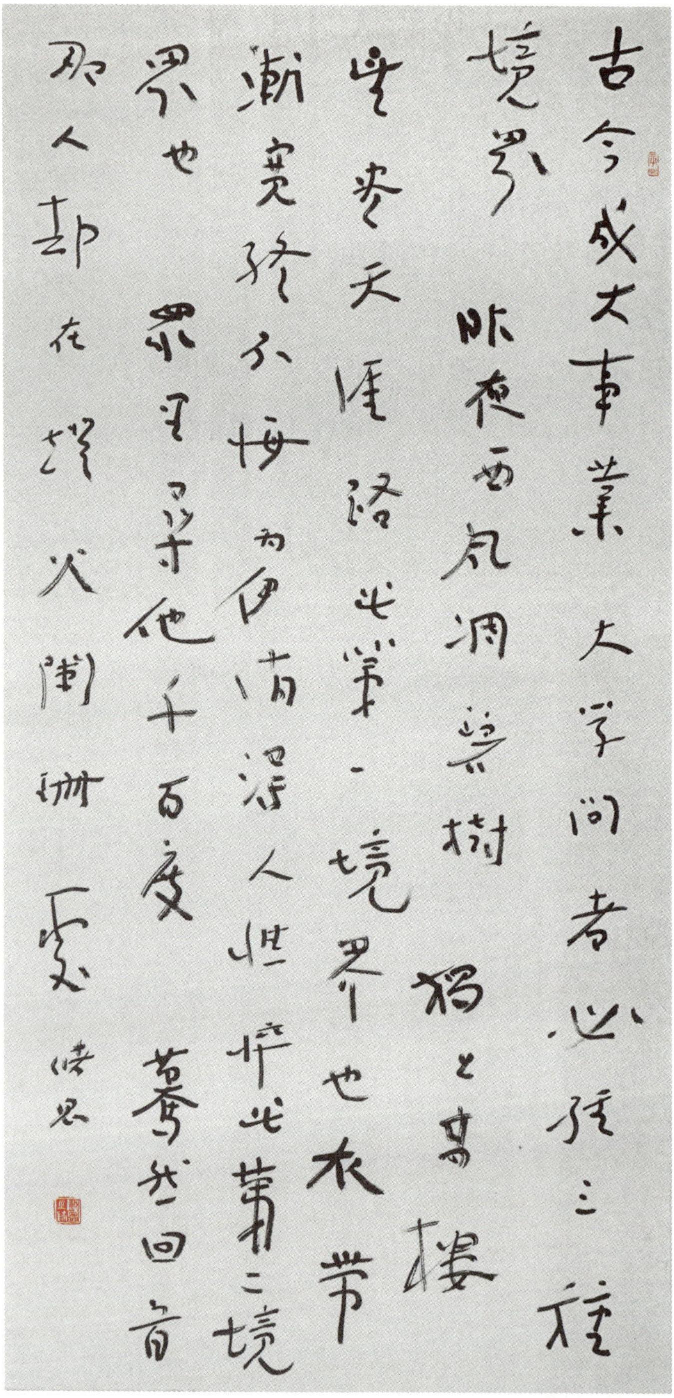
古今成大事業大學問者必經三種
境界 昨夜西風凋碧樹 獨上高樓
望盡天涯路 此第一境界也 衣帶
漸寬終不悔 為伊消得人憔悴 此第二境
界也 眾里尋他千百度 驀然回首
那人卻在燈火闌珊處

文化篇

平静的生活

我虽体老腰弯腿瘸，但思想不老，可以分是非，辨真伪，察善恶，与时俱进。

不要长久地仇恨任何人与事。这种心态——焚烧如同炼狱的苦痛，真正受到伤害的，只有自己。画龙画虎难画骨，知人知面不知心，我以此治愈心头伤痛。

人要接受教训，低调生活，有张扬，有隐蔽。愚痴不可教，贫穷不可救，恶邪不可赦，弱者不可怜。愚贫恶弱者皆满足于现状，甘愿如此。

什么情理都弄透了，随心所欲，自然自由。不当信仰的牺牲品，不做传统的奴隶，自己掌握自己的命运。

我明白了自己为什么活、怎么活，我明白了人生价值，我明白了人性的善与恶。

我知道该怎么面对社会上的人和事，别人说我好与坏，无所谓；别人好与坏，我也无所谓。在尘嚣浮躁的当代，不太难，但也不太易。

永不退休

人生没有退休，人生是奋斗的一生、享乐的一生。它不是终结，而是一直在过程中。有职业的人退休，干事业的人永不退休。

我生活得很充实，我生活得很平淡，我没有退休，我一生要干好多事，做银行工作那只是一件事。

我没把一生的命运只放在工作上，不管何时何地，都靠自己的智慧生活。当了管理者是上级的安排，我自己并没有苛求，只觉得不能胜任。我用心去追求良心的平衡，不当管理者倒觉轻松，当了管理者反倒有了很多压力，所以对退居二线没有失落的感觉。我只想做我愿意做的事——看书、写字、做文章。

看书，只觉得知识太少，穷得像个吃不饱饭的乞丐，老想学些不明白的知识，至于学了要用来干什么，根本不想；写字，好像是在追求我心中的美，追求阴阳之间、黑白之间、虚实之间、雅俗之间的美，这好似与生命的追求差不多；做文章，我的直感是在教人，是在行善，虽然现在好多人都自视甚高，但我觉得他们还很可怜，因为他们往往自私、贪婪、懒惰、嫉妒。我一直想用我的观点去启发他们，救助他们，让他们活得自由自在些。这可能是我的自作多情，可老这么想，老这么干。

我在做以上三件事的时候，也想着帮助别人做事，没有责任，没有压力，没有奢望，一身轻松，心平气和。

最好的医生是你自己

尘世之旅，定是苦乐相伴的。巴尔扎克说：“苦难是人生的老师。”当苦难来临时，如果你自暴自弃，颓废度日，无人可以救你。只有自己在苦难的生活里学会自诊、自医、自治，才可以获得解救，因此最好的医生是你自己。

人生各有不同，然而对于怀有积极向上人生态度的人来说却大致相同。

人生恒久而如一，即使苦难来临，也不觉得是苦，反而坦荡面对，这样的人生大致是幸福的、快乐的。

退休手记

庚辰秋月，老友相聚，各叙述其退休打算，吾以实述之。回家后又做笔记，恐忘怀也。

朋友问我：退休后有何打算？

我答：一健、二股、三书、四旅。

健，身神也。运动以健躯体，心平静以养精神。

股，既可锻炼心态，又合时代脉搏。股市涉及科学、哲学、艺术等多方面，可以满足人们的物质享受和精神诉求，它需要聪明才智，是英雄用武之地，有规律，有喜悦，有沮丧，有欢呼，是精神享受之源。炒股者，要做到不为得失而悲喜。

书，读书、著书、书法也。读西方文化发展史，读中西文化合璧的著作，读地球发展史，读人类发展史，读生命发展史。著小说两部：一是《敬老院》，二是《良心》。书法，以此健身养神。人有三大精神支柱：科学、哲学、艺术，书法属于其中。

旅，旅游也。与古人对话，亲近山水花木。

梦觉录

千万别瞧不起自己，自卑只会让你更不自信，让你更堕落。人生，就是一场修行，要修一颗善心，做一个好人。

愉悦现实中的每时每刻，不回忆过去的事，不留恋昔日的辉煌，不想象未来的虚幻前景。

不为游戏的时代制约。后现代生活是变幻中的游戏，不让过去的事给现在带来压力，不对现在掐头去尾。

我喜欢的历史人物

我喜欢的历史人物有发出“上帝已死”的尼采，有指出“人之性恶，其善者伪也”“凡人有所一同，饥而欲食，寒而欲暖，劳而欲息，好利而恶害”的荀子，有写出“可上九天揽月，可下五洋捉鳖”“指点江山，激扬文字”的毛泽东，有批评封建礼教是“吃人的礼教”的鲁迅。

有提出“劳心者治人，劳力者治于人”的孟子，有书法创新改革者王羲之，有主张“事功主义”、鼓励人们敢于去“争道”的陈亮，有创造“心学”要旨、提出“无善无恶是心之体，有善有恶是意之动，知善知恶是良知，为善去恶是格物”的王守仁，有反对孟子的性善论和荀子的性恶论、赞同告子“性无善无不善”论的龚自珍。

他们一起构成了我联古思今、剖析人生、审视世界、追问生命的精神世界。

听天书林

1

释　义

“听天书林”意思是在时空中探索生命意义的几棵小树，在时空中游荡摇摆的几个生物。

听：顺应、服从、忠于无知、盲目、被动、无奈的精神寄托，属于探索阶段，不断地质疑、思索、求证。听天的，不听人的。天：不可测的生物之源；人物本源的生成、发展、现实、未来。书：文化与知识之源的过去与现在。林：生物群体。

“听天书林”的成员皆为物阜民丰者。辩证观古，多元视今，立体察事，全面看人。汇集生命与生命的共鸣，让每个成员绽放出自己智慧的光芒。鼓励的话语是给生命注入勇气的源泉，生命的价值在于创造，勇于进取，勇于探索，才能有所作为，有所建树。

2

精神的乐园

听天书林，是一个为了让聪明才智的光点聚焦在做成一件事的集成块上，强调每一个成员用自己的聪明智慧自立门户，创新生存模式，开辟灵性空间的民间组织。

策划者说，这些成员都是干部子女，在企业里当过工会主席、团支部书记、车间主任、厂长；都是下岗职工，没有职业，都彷徨在人生的十字路口，把他们组织起来，让他们自己选择人生道路，然后动之以情，晓之以理。

活动安排在每月的第一个星期五，执事秘书长每年换一任，活动内容形式不定，游山玩水、挥毫泼墨、看坟冢、观唐松，讨论热点话题，展示或展览书画作品。他们每个人都有事干，都朝着物阜民丰的境界踏步前行。

他们的活动有时也邀请我去参加，就是几个人在一起闲聊，传统的、现实的，文学、哲学、科学、艺术，漫无边际，各抒己见。聊够了，就到潍河荷塘写生，到郑公寺看汉柏元碑，到王子山挖野蒜。

3

争鸣的园地

创新生存模式，营造灵性空间，探索生命真谛，重评人生价值。

这里有思想家，这里有艺术家，这里有哲学家，这里有企业家。这里的人是多元型，这里的人是复合型，这里的人是立体型，这里的人是辩证型。

我们要重新认识世界，我们要重新认识人生价值，我们要探索人如何生活才有意义。不靠权威说教，靠科学的实证，靠辩证的理性。

这里没有老师，这里没有徒弟，这里不灌输一尘不染、神圣不可侵犯的知识。这里是辩论、探讨、争鸣的思想园地；这里是生命与生命碰撞而产生灵感的地方；这里能激发你的潜能，启迪你的智慧。

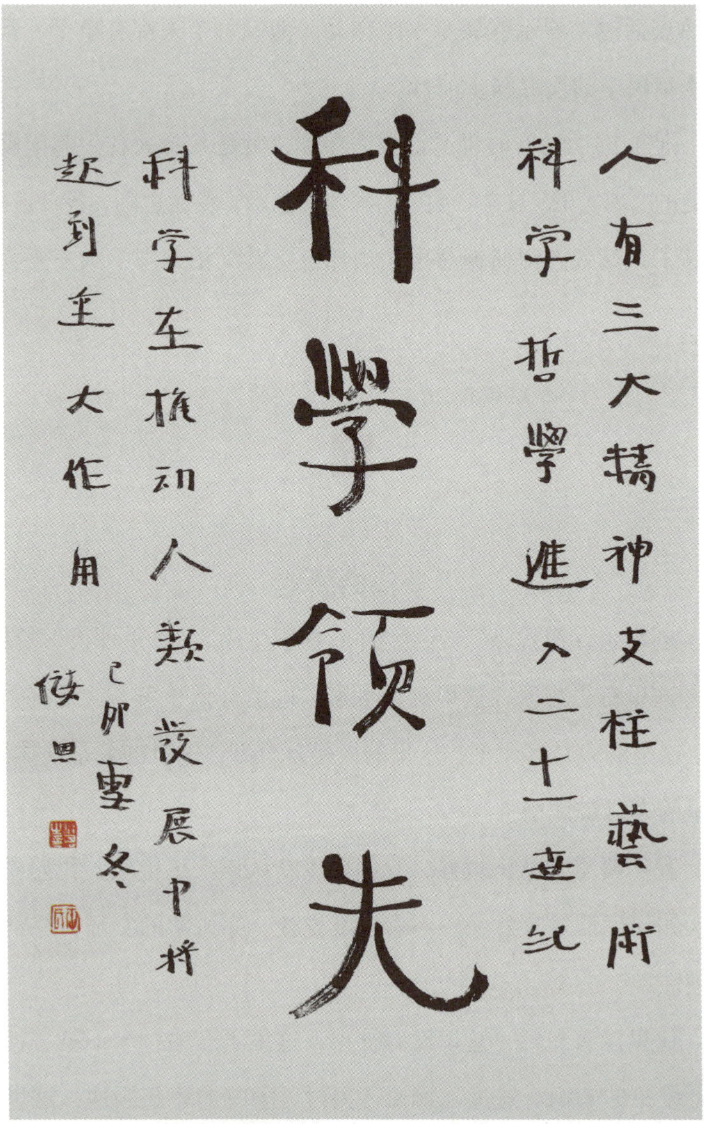

窑水遐思

能救人者，最重要的就是读书。

书能改变人，读书者可自救。自救出苦海者方为英雄。书者，读书、著书、书法也。

读书增智，读书改变命运，拼搏实现人生价值。

南苑画院成立记

2008 年 12 月 23 日，南苑画院成立，创办《听天书林书画报》，请时任国家博物馆馆长吕章申先生题写报头。

吕先生问："听天书林为何意？"

我答："创新生存模式，营造灵性空间。"

焦宗臣答："听天外云声，书林泉清气。"

吕先生答："妙哉！"遂题写。

致相诗先生

尊敬的相诗先生：

您好！

在这物欲横流的当今，您开拓了一片净土。看到那些自由自在学习书法的老年男女，我感觉到了他们的精神逍遥。什么是幸福快乐？这就是答案。我有幸给他们讲授书法，实乃一大幸事！请转告十二位要书法集和三位要作品的学员，全部无偿赠予。

李储恩

2006 年 6 月 16 日

书法集序言记事

书法集的序言我找了四个人来写。

一个是中国文联的领导。他字写得不是很好，但我想，字写得好的不一定明理，明理的字不一定好。领导一定明理，结果错了，他不懂我的书法，光说好，不知为什么好。

一个是书法协会的领导。他答应，但让我找个人代笔，写好了他签字。他认为我借他的名用，我当然不用。

一个是教授，博士生导师。他写了些理论，对我的书法没有评价，给我写的序言不写我，这不在理。

最后找的是邓福星，他提出要见我和我的作品集小样后再写。我见了他，他问了我好多事，关于简历、爱好，对古今书法的认识，让我谈写字体会，就像考试一样。末了，留下样本，三个月后写好给我，我比较满意，他读懂了我和我的作品。

儿女的人味

你知道是谁把你带到这个世界上的吗？你知道你是从哪里来的吗？你了解你生活的世界吗？

你能看到的可能是混沌的世界，你能听到的是声音，你分不清是雷鸣闪电，你就在这混沌声中成长。

为了让你活得有滋有味，为了让你有些人味，母亲要吃生活的酸甜苦辣咸。为了不让你受委屈，母亲要经受苦难，甚至要牺牲生命……这一切都是为了把你安全地带到这个世界上并让你快乐地生活。

人的生命，出生前一半，出生后一半。出生前是孕育恩情，出生后是抚养恩情。不知道报答恩情的人，不是完整的人，是没人味或人味不全的人。

母亲的人味：我把他带到这个世界上来，我就得对他负责，让他健康地成长，让他幸福，让他自由，让他有爱。

共同的人味，应是各自为另一方做出贡献或付出、牺牲。

自身与尘世

尘世间，与他人相处，被他人重视，被他人制约，被他人需求，这是在观察期望下产生的义务、责任、关心。然而痛苦的琐事总是充斥着现实生活，我们的手脚因此被缠绕、被束缚，思想被禁锢。

生命到底有何意义？大家都在猜，猜者有苦乐，不猜者也有苦乐。

人因有情有智而区别于其他生物，但重感情者难免会软弱，求完美者难免有遗憾。假作真时，真就可能会成为假。当庸俗冒充崇高时，崇高就退到了后边。没有伪饰的道德才是真的道德。

认识自己

老子说："知人者智，自知者明。胜人者有力，自胜者强。"古希腊人说："你要认识你自己。"我说："认清过去，把握现在，展望未来。"

减负去压，少承受，学会拒绝和放弃；少占有，多放下，不断释放压力，减压降压；健康最重要，烦恼要减少，内心不浮躁，名利一边抛。生活是什么味道？还得自己放调料。

俗世之中，争名夺利者往往是虐待自己的愚者，而所遇皆放下者往往是善待自己的智者。

自解绳索，摆脱纠缠，自由自在，充满活力，认识你自己。不要在实现目标时快乐，而要在奔向目标、实现目标的过程中快乐。一切都源于自己的内心，你认为好就好，你认为坏就坏。

彼岸的坐标系

不是想给人以光，而是想与希望见到光的人同行。

人在混沌中探索，在黑暗中潜行，在模糊中思考，却想看见自己、知道自己，都想看到远处隐现的坐标，都想选一个帮助自己到达彼岸的参照系。

我已届古稀之年，在知我不知我、有我没有我与见我不见我之间。

本我已毁掉，新我正在塑造，精神上还没有脱贫，离小康水平还有距离。毁我易，塑我难。生命如此，书法亦然。

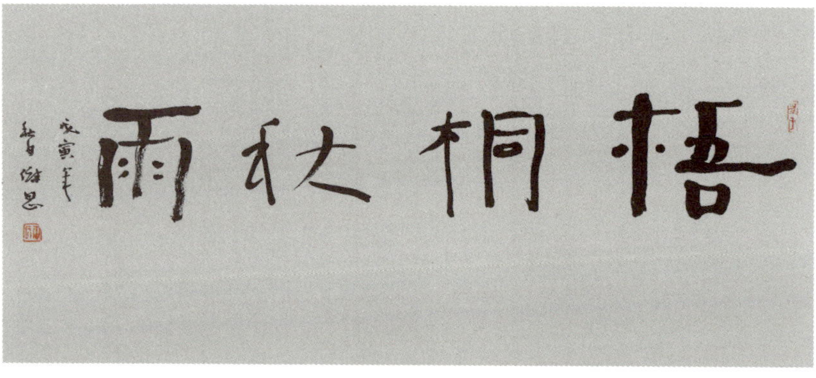

用好体脑

你吃那么饱干什么？很多疾病都是因为平时吃得太饱引起的。身体里的垃圾，你能清除吗？

你知道那些事有什么用处？而饿了吃饭、困了睡觉，不也是很好吗？

人脑如电脑，储存的知识多了，就会导致大脑死机。

想把什么事都弄明白，为此而学习，不惜牺牲体脑，可能会得不偿失。

心静意清

宇宙之中，于人而言，没有比脚更长的路，没有比人更高的山，没有比思想更深的海洋，没有比眼界更广阔的平原，没有比胸怀更博大的世界。

韦应物有诗曰：“心同野鹤与尘远，诗似冰壶见底清。”厚积薄发，静是源泉。古今凡有成就者，皆是把浮躁和肤浅关在门外而静下来的思考者、行动者。因为少欲则心静，心静则事简。

读书破万卷，下笔如有神；读书如交友，读书以见人；意清来自心静，心静方能意清，皆是不随时移的真知灼见。知识为我们提供了取之不尽、用之不竭的能量，其与现实紧密相连，亦与心境密切相关。

多歧为贵，不取苟同。智者当入世不为名利所惑，不为浮华所动。凡事先静而后行，名与利也将不请自至。

金钱观

明白人说：我一生花掉多少钱。

糊涂人说：我一生攒了多少钱。

明白人说：我没给后代留资产。

糊涂人说：我给后代留的资产，三代都用不完。

明白人和糊涂人最大的不同是前者懂得生活的快乐意义，后者是类似葛朗台式的守财奴；前者是对后代自我创造财富的期许，后者是对后代消耗财富的怂恿。

独立人格

人的生命就是在不断燃烧自己的恶根，向真、向善、向美而行。然而没有独立的人格，就无法完成对自我生命的燃烧。

那么，什么是独立的人格呢？

我认为，是否为独立人格不在于对错，而在于真假。说实话，即使说错了，也是独立人格；说假话，即使说对了，也是媚俗。

有一位名人说过“不唯上，不唯书，只唯实”，即是对独立人格的本真反映。正是因为有了科学求真的精神，独立的人格才得以奠基，我们的生命才因此而流光溢彩。

演好人生的角色

西塞罗说：“演员想获得成功，也不一定要演出整部戏，只要在自己演出的那一幕能博得观众的赞赏就够了。同样，聪明的人在人生的舞台上也没有必要一定活到‘请大家鼓掌’的那一时刻。生命虽短，若能过得高尚、荣耀，也就够了。”

其实在人生这场大戏剧里，角色众多，演好了就是重要角色，自己才受益，演不好就受害。

生命的超越

书越读越薄，字越写越简，饭越吃越素，住越安越适，行越走越远，心越静越平，神越养越空，情越富越淡，理越辩越明。

人生就是在不断追求生命的超越，从而获得心安理得，获得幸福。我相信，生命之越，毫无捷径可言。但我亦相信，只有距离才能产生美，只有思考才能决定命运的去向。

孔子的恢宏

国人心头的疑惑，乃源于中国传统文化对人的影响。传统文化里有精华，也有糟粕。迷失在传统文化里难以跳脱出来、找不到自我的中国人，在意识里仍然以孔子为万世师表。然而孔子并不是伟大，而是恢宏。

现在流传的孔子之道，并不是原本的孔子之道，而是两千年来无数孔子之道衍生的集成。

一旦失去了当代文化的土壤，失去了跟随时代的全球趋势、市场制度，也就失去了情感上和精神上的斗志。

精神的鸟笼

君子国与小人国只是道德的学说，而非现实之存在。世上，总是忠与奸、善与恶，黑与白、好与坏互相交织存在着。也就是说，世上有吃饱的狼，也就有饥饿的狼。因为竞争的生存法则平衡着生物的链条。

人类向往光明，而光明却并非长久存在，也非单一存在。

孟子说："富贵不能淫，贫贱不能移，威武不能屈，此之谓大丈夫。"因为代表着文化的正统，所以无人能挣扎着走出来。显而易见，儒家文化为中国人打造了一个严密的精神鸟笼。

倘若要飞出这个鸟笼，唯有少懒惰、少痛苦，才能找到本真的自我。

精神的境遇

只为自己活着，容易使人走向烦恼，没有开心、愉悦的过程，整日只想索取，不知人生的真正价值。

其实人生的价值在于你为人类发展做出了什么贡献，哪怕是一点，但必须是你意识到了。

当你意识到你在为人类发展做贡献的时候，你的付出就有价值，你的生活就会幸福，你的生命就会充实而有生机。我们所希望的是：没有得失，没有贫富，没有妒忌，没有阴谋。似海，不管是江水、河水、清水、浑水、天上的雨水、地下的泉水，只要流到大海里，都是海咸一味。谁也分不清哪个是我，哪个不是我，哪滴水中有我，哪滴水中没有我。

只有知识才能使人到达如此高尚的精神境界。

人生真谛和诗意

英国船舶博物馆收藏着一条船。这条船下水后，曾 138 次遇到冰山，116 次触礁，271 次被风折断桅杆，13 次起火，但都没有沉没。

船能懂大海，离开了大海，船能上哪里去？人要是犯错误，要是遇难，能懂人世吗？离开人世，人要到哪里去呢？

面对世上的纷纷扰扰，我们的人生究竟有何目的和意义？人们对这个问题充满怀疑和厌倦，苦苦企求得到解脱与舍弃。

那条船的苦难历史，也是人的苦难历史。我敬佩那些掌舵者与船同在，共历艰难却百折不挠。如果在每一次触礁的时候，你放弃了，你的生命也就因此而中断，现实与理想的彼岸也就无从到达了。

苏轼说："莫听穿林打叶声，何妨吟啸且徐行。""鬓微霜，又何妨。"这种带有诗意的豪迈，才是人生应有的态度。苏轼的一生充分注解了人生的真实与诗情。

有人说人生如戏，而我看，人生如此船，但船也因人而行。我以哲学探求人生的真谛和诗意，我亦如此船。

话真善美

行善不图回报，行善不为人知，才是真善。

真善美是人类文明追求的目标，而人的本性是假恶丑，现实中的人都披着真善美的外衣，真假难分难辨，人就是生活在这个混沌世界里，假作真时真亦假。

能辨者逍遥生活，不辨者烦恼生活。

只要你觉得你的行为语言是为别人创造幸福并感到舒心快乐，你的生命就会有价值。

笼子说

日月笼中鸟，乾坤水上浮。

时间是笼，空间是笼；知识是笼，智慧是笼；家庭是笼，单位是笼；婚姻是笼，五伦是笼；就业是笼，失业是笼；物质是笼，金钱是笼。

每个人都在笼中，每个人都想进笼，进去后又想出来，出来后又想进去。

有人在大笼，有人在小笼；有人在铁笼，有人在木笼；有人在物笼，有人在神笼；有人在名笼，有人在利笼。

感悟善的本质

坏人原来都是好人，见人家做坏事，自己也试着做，时间久了，也不觉得是坏。

在我看来，善者和恶者的最大不同在于，善者总以为世无恶人，别人都是善的，遭恶人侵犯，并不警惕，即使恶水泼在身上，也选择暗暗忍受，一次、两次……而恶人认为别人不作恶，是因为他没有力量。

一个数次被恶人伤过的行善者，逐渐感悟善的本质，他要奋起反抗恶源，他的行为是可以用书法表现的。

文化危机

18 世纪末到 19 世纪中叶，第一次工业革命完成，恩格斯说：“一天等于二十年。”原有秩序被破坏，物质变得极为丰富。人们忽视了对生存意义和生存价值的思考，以致物欲横流、道德沦丧，文化产生危机。

历史离我们很远，但也很近。西方走过的路，我们即使与其并不相同，却也正在经历着。看中国从工业开始兴起到今天，的确取得了巨大的成就，物质已十分丰富，但原有的道德、价值观逐渐开始荒漠化，很少有人会认真思考人活着的意义。

接着是世界一体化，现在西方有人觉得中国好像加入 WTO，就成了列强之一。更有甚者，有人居然试图构想一种全球文化的一体化，奢望随着经济一体化出现那种世界统一的文化模式，想让世界都在他们的价值观、生活模式的指挥棒下生活，但这是奢望。

没有民族个性，哪来共性？换言之，没有个性的民族，也必将在地球上消亡。

后现代主义

19 世纪末到“二战”前是后现代主义的坐胎期，打字机、印刷机、电话、电气等现代发明为它奠定了基础条件。“二战”后，一批艺术家撕心裂肺的扭曲是后现代主义开始诞生的标志。20 世纪 60 年代，特别是 80 年代后，信息技术的发展导致后现代走向成熟期。

前工业社会是人同自然的斗争，工业社会是人同机器、人造技术、人工、自然的斗争。后现代主义在思想上反对独断专行、僵化霸权，具有复制性、反权威性、反垄断、平民意识、空间观等特点。

尤其是在平民意识上，后现代主义具有反现代精神意识、反优雅、反启蒙心态、不能教训人的特点。在艺术界则体现出拒绝阶级优等化，喜欢刺激夸张，五花八门的大众艺术、流行艺术因此而盛行。

我不盲目接受或批判后现代主义。

后现代主义不是人与自然斗争，也不是人与机械斗争，而是人与人斗争。后现代主义张扬个性，激发私欲，追求愉悦，追求享受，追求刺激。后现代主义生产知识，销售知识，满足感官需求，光看不想，入耳不入心，是游戏式生活。

新道德文明

新道德文明是对旧道德文明的破、承、立者。须破不合时宜者，承合时合理者，立适新者。

古代，儒家弟子出见纷华盛丽而悦，入闻夫子之道而乐。而今现实社会纷华盛丽，却诱人急功近利。

从 18 世纪到现在，传统文化与西方文化的冲突轨迹是如何走向现代化的？为什么目前人们精神困惑、行为失范？或许能为新道德文明的诞生做出一种强有力的注解。

文学成为边缘

真实是小说的目的，伟大、高贵、美、忧郁、绝望是诗的目的。以此来说，小说是小说家对世事的洞察和提炼，诗是诗人的思考和联想。

正是这种文学的使命与责任，创造了文学的永恒。然而今天，我们的文学为何成为边缘学科？全是题材论、主题论造成的。社会现实发展的深远意义已远远超过了作家的想象。脱离了现实的文学，也就失去了生命力。也就不难理解流行音乐、选秀之类的娱乐文化会风靡社会，进而代替文学成为文化的疾风骤雨。

《诗经》很美，且真，因为《诗经》是生活的写照，没有加工臆造的痕迹。而时下流行的文学老想用悲剧和流血杀戮去吸引人，文学成为边缘也就不足为奇了。

如果文学想要保持常青，有长远的价值，有生命，就要用深远的、自然的作品去吸引观众。

文化追源

“观乎天文以察时变，观乎人文以化成天下。”《易经》中的这两句话，成为人类早期对文化的定义，意思是按照人文来进行教化。

文化是指人类在发展过程中所创造的物质财富和精神财富的总和，特指精神财富，如文学、艺术、教育、科学等。同时文化也是考古学用语，指同一个历史时期的不以分布地点为转移的遗址、遗物综合体。同样的工具、同样的制造技术等是同一种文化特征，如仰韶文化、龙山文化等。文化也指运用文字的能力及一般知识，如学习文化、文化水平等。

英国作家毛姆说：“文化的作用在于裨益人生，它的目标不是美，而是善。”

文化是形而上的产物，是精神的财富。文化成为人类文明的独特创造，也是人区别于其他动物的特殊标志。

知识的时代

英国古典政治经济学家威廉·配第说："劳动是财富之父，土地是财富之母。"可见，土地劳动创造财富是农业经济。

农业经济之后取而代之的是资本加能源的工业经济。而当今时代，全球一体化，文化大爆炸，标志着人类进入知识经济的时代，知识与信息取代资本和能源。

在知识经济的时代，知识就是权力。知识开始代替资本，掌握知识和知识产权的人也掌握权力，包括经济权、政治权、文化权。知识的权力化，促进了个人领域和公共领域的权力关系出现新的变化。

知识权力正在取代财富权力主宰世界，而有知识的人才则代表着智力资本。

为此，托夫勒说："知识促进社会发展。"奈斯比特说："知识是我们经济社会的驱动力。"

知识是财富、精神；知识是力量、武器；知识是阳光。知识使人幸福，变得文明；使人进步，变得有创造力；使人聪明、理智；使人欲与理性密切结合。知识因此战胜贫穷、落后、邪恶、丑陋、虚伪，促进人类向更文明更富有的时代迈进。

知识也是国与国之间展开竞争的直接武器。日本为此将"技术立国"改为"科技创新立国"；韩国为此以"头脑立国"；欧洲联盟为此提出"知识化欧洲"的概念，这些都是知识经济竞争的直接表现。

知识的时代是无限制的时代。

当今中国，面临着越来越多的物质挑战和精神困惑，开发挖掘利用中国传统文化的力量，发挥出启迪心智、砥砺精神的力量，迫在眉睫。

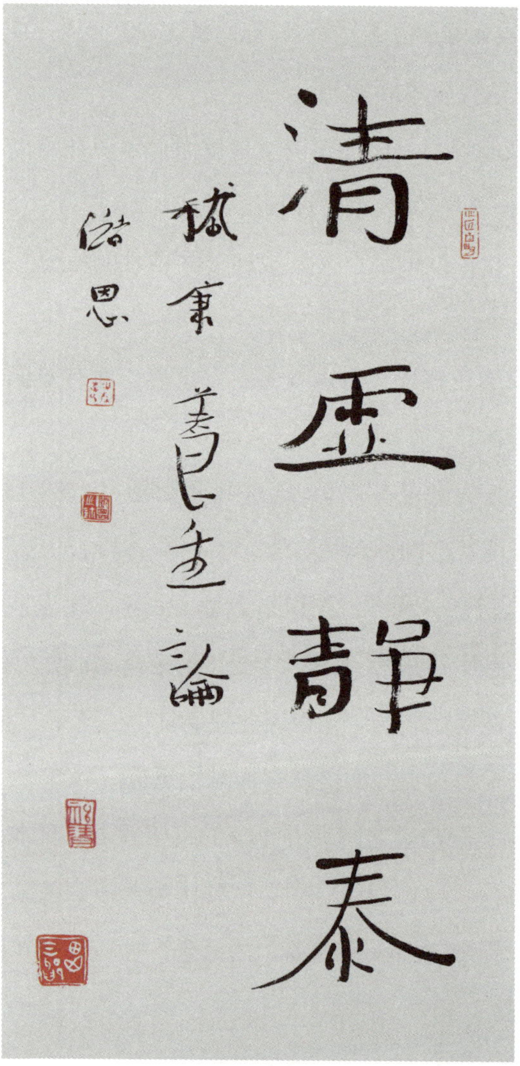

心灵交汇的空间

读哲学，心可平；读儒学，心可定；读佛学，心可静。

理性与感性全面发展，客观与主观同时存在。天光云影千变万化，心灵长河美幻漂浮。我的知识积累成块，学西方知识充实不足，并用现实充实心灵交汇的密集度，那是心灵交汇的空间。

在知识里遨游，心轻才能放松。

心轻者无忧无虑、乐观、无累赘、愉悦，心重者贪得无厌、烦恼、罪恶填塞心胸。心轻者逍遥自在，心重者累不自在。

历史与书

历史是一块图板，涂上黑色就是黑，涂上红色就是红；历史是一张脸，化装成关公就是忠臣，化装成曹操就成了奸臣；历史是一团面，任后人揉来揉去，变幻无穷。其实历史就是现实，历史与现实并行不悖。

“书中自有黄金屋，书中自有颜如玉。”其实书中还有剧毒药，无臭无味无形，你吸收了，心迷神断，一生处于恍惚状态，至死不省。知识不都在书里，在实践中求到的知识更有哲理，它使你彻悟。书是五味药，能健身，能治病，也能致病。

读破人生一本书

苏格拉底说："美德即知识。"培根说："知识就是力量。"我说："读书使人明智。"

读书大致有两种：一是专业，二是嗜好。后者是情趣，如同下棋玩牌，内心愉悦。以读万卷书跟历史上伟大智慧者灵魂对话，以行万里路寻访感受学习现实智者之智慧。

在书中观望，便知不同时代名士文人各有各的表现之法。战国时策士敢向王侯挑战，让他们认同自己，如苏秦、张仪合纵连横，唐代文人靠政坛、文坛名流认同而出名，如白居易请顾况看诗。

很多书里没有的，现实中有，也不要把书本上的东西太当真，与有心人共事，于无字处读书，在现实中体悟人生，概括为两句话则是"读破人生一本书，会写善恶两个字"。

认真故事

孔丘困于陈蔡，饿极，叫弟子仲由到近处饭店讨饭。

掌柜曰：“写字若认得，免费招待。”

仲由曰：“吾圣门徒，十个亦认得。”

掌柜写“真”字，仲由曰：“三岁娃子亦认识，真。”

掌柜曰：“果糊涂白痴！”乱棒打出。告孔子，孔子乃往。

掌柜写“真”，孔子曰：“直八是也。”

掌柜曰：“果圣人。”

仲由曰：“‘真’何念直八？”

孔子曰：“现在不是认‘真’的年代，人人不认真，就你认真，要活活饿死。”

美丑相伴

——读《巴黎圣母院》有感

宽宏大量是人类一切美德的火炬，宽宏大量让灵魂放出光芒，宽宏大量让世人直登殿堂。

美丑相伴，艾丝美拉达天生丽质，卡西莫多相貌丑陋。但因内心善良，美丑相伴，美丑同行，美丑结合，美丑同时变成教会与权力的牺牲品。

正是：因善受恶欺，因美遭侵袭。伪善教会主，心黑官权吏。仁爱慈善圣母院，肮脏龌龊少人知。

美德新语

——读亚里士多德《伦理学》所悟

美德是两种极端之间的状态，任何一种极端都是不好的。

谦恭在无耻和害羞之间，勇敢在鲁莽和懦弱之间，自尊在傲慢和自卑之间，慷慨在浪费和吝啬之间，美在高雅和媚俗之间，善在虚伪和邪恶之间，真在虚幻和假劣之间。

《金瓶梅》题跋

人为你跋山涉水，为你寻虎觅豹，为你断义辜恩，为你失孝廉，为你忘忠信。

人为你心烦意乱，为你梦忧魂劳，为你失大节，为你伤名教。

有你时，人人见责；有你时，事事出奇；有你时，居高位；有你时，坐上席。

不得你，英雄失色；不得你，壮士伤怀；不得你，家园亡；不得你，功名败。

最隐秘的角落

——读《恶之花》随笔

在这本书里，我读到丑恶与下流比肩，腥臭共腐败接踵，善是外衣，恶在内藏。而在现实中，我看到真假相伴，善恶同行，美丑并在，好坏融通。

《恶之花》啊！你色艳而冷，香浓而远，态俏而诡，格高而幽，揭开了人心最隐秘的角落。

信用论

1

良好的社会信用体系是社会主义市场经济有效运行的重要条件。所谓信用，就是信守承诺，说到做到。信用即能够履行跟别人约定的事情而获得信任，如不需要提供物质保证，能够按时归还信用贷款。

在现代市场经济中，从商品市场的买卖到市场借贷，从要素市场的交易到证券市场的支付等，无不体现着信用。

目前我国社会信用体系尚未健全。完善社会信用体系已成当务之急，要以道德为支撑、产权为基础、法律为保证，健全包括企业信用、商业信用、银行信用、个人信用在内的社会信用体系，建立失信惩戒机制，使失信者、违约者所付出的成本远远高于非法所得。

2

守信是人在生产生活交往中相互守诺的行为，它是道德，是感情，是利益，是信仰。有政府对人民守信用，有商家对客户守信用，有上下级信用、师生信用、借贷信用等，社会才会和谐安定；反之，则社会混乱，人与人之间开始互不信任，彼此怀疑。

信用是人与人之间在精神感情和物质利益交往中的承诺。

信用不是朋友关系。朋友中间可以有距离，有隔断，有空间，而信用没有，信用是连体，你中有我，我中有你，血肉相连，利益相关，同生死，共患难。

潍水荷塘

这里是两千多年前韩信追杀齐王、与楚国救将龙且决战的点将台。

历史已远去，我无从找寻历史的真实，但我还是试图从人们代代传颂的那个长满荆棘灌木的河西土堆中，凭借想象还原百尺河水淹高密古城“城阴城”的场景。

如今，古战场遗迹依然保有着对自然的敬畏，仿佛一切如故，荷塘与潍水相连相依，分不清哪是河水，哪是塘水，水纹飘忽不定，光影闪亮如奏乐章。水上荷花百姿摇曳，像在笑着招手，而岸上郁郁葱葱的树木，大大小小，各有各的记忆年轮。

我置身在这美如画的自然场景里，暗自慨叹。这里没有高楼大厦，没有厂房，没有穿梭的车辆，没有为追逐名利尔虞我诈、浮躁不安的人群，一切如世外桃源。

这里有物与自然的和谐，有出淤泥而不染的荷花。

旅日归来

我走在东京街道上，无意识地观望，看到人们夹着包拿着伞匆匆而行，没有勾肩搭背，没有边走边谈，很像机器人。我慨叹日本人的现代速度，他们的节奏是那样快。然而，时代发展虽然需要的是快，但对于人生来说，慢生活无疑是一种自我养生的智慧。

你可以去富士山吃火山烧蛋，那里别有一番情调；你可以去超市购物，那里的门前女招待举止有礼有节，给人印象深刻；你可以晚上去看皮子游戏，虽然人满为患，通宵达旦，一场接着一场，但在那儿却可以寻见来自中国盛唐的风采。

令我印象最深刻的，却是那些在公园、大小广场、路边，随处可见的喜鹊、斑鸠、布谷、家雀、黄鹂，它们四处觅食嬉戏，与人无距，也不怕陌生人。而在我们国家，鸟儿最怕人，故有“春秋鸟过不入村树”之说。

这个现象是否在某种意义上也反映了一个国家的文化呢？还是其中因为有基因的存在？

我想，鸟儿怕人，也许是有挨打的基因，但这种基因的区别，却源于早期不同的文化，源于早期自然与人和谐相处的人文理念。

有了自然的和谐，时间会历久而弥新，那么，我们国家的鸟儿也会不怕人。

旅日归来，友人问我有什么感想，于是我就写下了此文。

阳关游

从敦煌开往阳关的客车缓缓地行驶在荒凉空旷的戈壁滩上。这里没有胡柏杨柳，没有荆棘杂草，没有禽兽，没有昆虫，没有水，没有生命；有的是团团顶天立地的旋风，席卷着沙尘石砾在无垠的沙漠上飞扬跋扈、肆虐横行。

我脚下就是沙尘飞扬的古董街，因出土大批汉唐文物而命名。一块高大的石碑上写着“阳关故址”四个大字，这里是丝绸之路的必经之地，是唐僧西天取经在此歇脚饮马的地方。碑后墩墩山上高耸的汉代烽燧，是证明阳关故址的唯一遗物。碑前是古战场，当年汉武帝为防匈奴入侵派大将王恢和赵破奴率兵数十万北逐匈奴百里之外，建此关以御之。至唐代仍是边关要塞，是胡汉将士厮杀争夺的阵地。碑北沙尘弥漫，黄沙滚滚，远处是影影绰绰的祁连山。置身于这空洞的苍穹下，顿生压抑之感。这里是何等的苍白贫瘠！这里是何等的古老原始！我真佩服唐代诗人王维温厚平静的雅量，面对这么一个阳关，他在繁华的渭城为朋友置酒饯行，竟没有执袂劝嘱，没有洒泪悲叹，没有凌厉惊骇，只是缠绵淡雅的“劝君更尽一杯酒，西出阳关无故人”。这就是唐人风范。

“先生，请骑马观光。”两个中年男女牵马走来。我很想骑白龙马沿丝绸之路西游，但一听说它祖上曾伴过唐僧，于是热情顿冷。因为年轻时对唐僧有些偏见，他不分真假，是非颠倒，动辄就对他忠心耿耿、神通广大的大弟子孙悟空念紧箍咒，把他赶回老家，又起用那个好吃懒做、胆小好色的猪八戒。郭沫若先生曾写诗批评他“人妖颠倒是非淆，对敌慈悲对友刁”，还扬言要“千刀当剐唐僧肉”。毛泽东不和他一个观点，和诗反驳：“僧是愚氓犹可训”，说像唐僧这样的人不是敌我矛盾，他是认识上有问题，要批评教育，不能刀剐！还是毛主席理智大度。在全球多元化的今天，多吸收几种精华营养以充实自己的灵性，骑骑那白龙马沾些佛气，岂不更加丰富完美！抬头一看，见那白龙马背上骑着一个白脸卷发、高鼻子大下巴的男士和一个黄脸散发、墨镜红唇的女郎，悠然自在地向着天边走去。倏忽之间，心屏一片空白，分不清他们是男人是女人，是东方人还是西方人，只看见他们在时间和空间里逍遥游荡。

一元面世者，自作多情也！

导游领我们到故址边的南湖村用餐，这是戈壁滩上仅有的绿洲。大街上人声鼎沸，小院里欢歌笑语，若不是置身此景，你准觉得这是戈壁上出现了海市蜃楼。离村西数里，有一望无际的被黄沙掩埋的土堆。导游说，这是一千多年来所有阳关死者的墓场。那些高的、有围墙的是达官富贵的，其余是百姓的。这是中华历史荒原活生生的写照，刀光剑影，人喊马嘶，血流成河，尸骨成堆。“古来征战几人回”，慈母的期盼、妻儿的遥望，全都化为永久的悲思。面对这座座墓丘，我想起曹雪芹感叹人生的诗句：“古今将相在何方，荒冢一堆草没了。”

马和骆驼载着旅客列队行走在刀刃似的沙梁上，他们不是当年丝绸路上的马帮驼队，也不是商贾僧侣，是地球上那些寻找精神寄托的痴情者。

桥山朝圣

在陕西桥山黄帝陵碑刻里，记刻了中华民族历代帝王将相、文人骚客为人文初祖黄帝歌功颂德的诗词歌赋，我只记得三个人的：“中华开国五千年，神州轩辕自古传”，这是革命先驱孙中山题的；“赫赫始祖，吾华肇造；胄衍祀绵，岳峨河浩。聪明睿智，光被遐荒；建此伟业，雄立东方”，这是中华人民共和国的缔造者毛泽东题的；“肇造中华文明，开创中华民族五千年基业，贡献与天地同在，与日月同辉”，这是蒋介石题的。

历代皇帝崇信黄帝的另一种方式，是登基后首先到桥山祭拜黄帝陵。陵前有汉武帝建的祭仙台，陵后是唐代建的祭祖庙，庙额有国民党将领程潜题的“人文初祖”匾牌。

《史记》载：黄帝“修德振兵，治五气，蓺五种，抚万民，度四方，教熊罴貔貅貙虎”。他踏遍中原，教民生产，教民生活。他任用贤能，仓颉博古通今，深谙天文地理，令其做史官。

后世帝王祭拜黄帝有史料记载的是始于秦灵公三年，之后是汉武帝、唐太宗、宋太祖，“不论谁来当皇帝，登基都来祭祖先”。康熙在位六十一年，祭黄帝陵达十次之多。

导游用丰富的伦理信仰词汇与极富情感的语气调动着每个旅客的崇仰祖宗的情感，什么“中华民族是条龙，一个祖先一条根”。诱惑力变吸引力，吸引力变凝聚力和号召力。绕陵一圈，心拜三分钟，三鞠躬，游客们都乖乖跟着做，好像不做马上就会受到祖宗的惩罚。在自由活动时间，大家都到庙前朝圣。祭场上香烟缭绕，纸灰飘飘，虔诚的信者各怀心愿，面圣许愿。五体投地叩头者、弯腰打躬揖拜者、念念有词发誓者、含情捐款投资者，比比皆是，几个走了，几个又来了。听不见喊叫争吵，看不见拥挤打闹，分不清谁善谁恶，辨不出人坏人好。

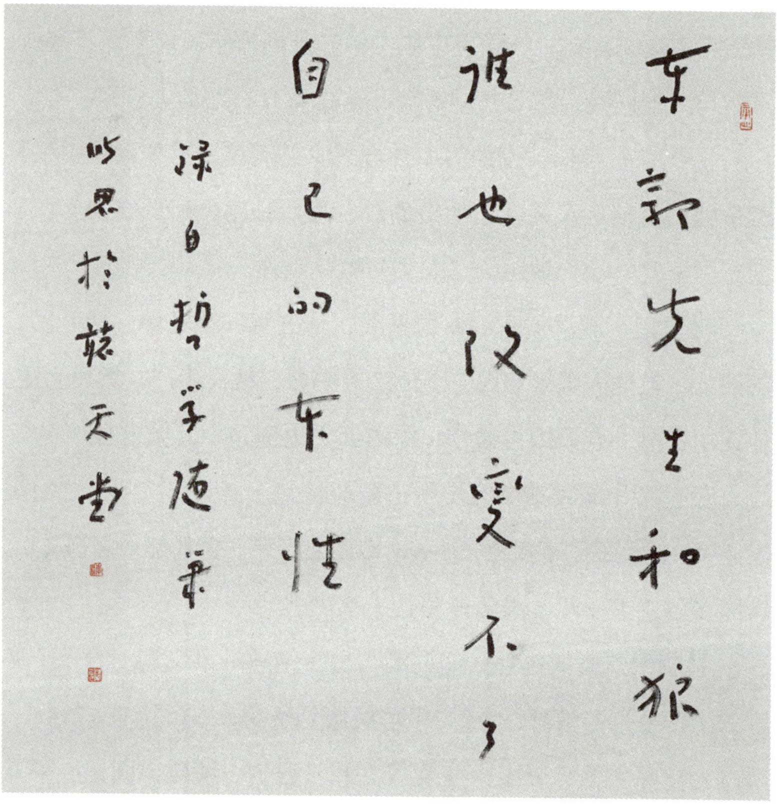

半坡遐思

当“一”在人脑里成形，把它移在物上，又在生活中应用，如记事，如表现数字，于是一种高级文化诞生了。以后就是文字、印刷……

像半坡遗址这样的原始社会村落遗址，在中国地下不知有多少。

一个时代有一个时代的文化和文明。中国已经进入商品经济时代，就会产生新的文明，用它去衡量今天的言行。

如果地球已是一体，那么，你就该有地球村民的文化和文明。

观鱼鹰拿鱼的启示

——峡山拦河札记

忆起早年在峡山拦河，有时观鱼鹰拿鱼，发现有的鱼鹰光玩不捉鱼。然而晚上收工后，主人怕它们饿死，照样给它们吃大鱼。而干活抓鱼的鱼鹰，虽抓鱼多却吃不饱。

这让我联想到那会儿在工地上拦河的民工，出工时点完名，离开现场去工地，我发现有的民工要滑头不干活，吃饭时有一百人，干活时只剩下八十人，还好懒滑者得到了惩治。

切记，人万不可学鱼鹰。能干活的吃不饱，收工时只能吃小鱼，而不干活的却吃大鱼，难道就因为主人怕它们饿死吗？

上坟归来记

1

年前连降大雪，夜里梦到爷爷对我说“不要去上坟了”。可我非去不可，以示敬祖心诚，不能因下雪而荒废感恩之心。

上坟的人没因下雪路滑且泥泞而减少，我在爷爷的坟前多烧了些香和纸，感谢他对我的理解。由此我想起大舅生前，每逢赶集他就到银行找我，说：“外甥，给我点儿钱，我割肉喝酒。我死了，你不用去送殡上坟，过年也别想我，我不怪罪你。”

人已故去，话音犹在耳。记得小时候正月初三去姥娘家，大舅总是炒几个小菜，烫壶白烧酒，我们坐在炕上共饮。

2

2009 年 1 月 25 日　农历春节

上坟拜墓、供嘱子摆供、磕头烧香、放鞭炮、挂灯结彩已被有些人当作演戏。演员相互心知肚明，你演给我看，我演给你看。

原因有三：一是事实让人们明白了贫富强弱、事业成败与祖先没直接关系；二是明白了孝敬祖先不如孝敬活着的爹娘；三是错误地把怀念死者当成迷信。

多元文化已兴起，信仰自由，越来越多的中国人开始探索人生的意义，追问生命何去何从。

修谱记

1

办成一件事，需有两个支柱：一是精神，二是物质。这种精神是发自灵魂的，是近似信仰的，它无所畏惧，不惜牺牲生命，不为名利，是大觉悟、大境界、大心胸。

我知道，在这个年代，谁还修家谱？但李氏族谱已有七十三年未修，再拖十年二十年也不可能有人修，所以，我们要完成这个重任。

我们相信后代对祖宗的思想觉悟，相信自己的聪明智慧，相信自己的弯弯肚子敢吞这个镰头刀。不管强者、富者、穷者、愚者、反对者、拥护者，弯弯肚子里都有一定的位置。我们的目的，就是让所有李氏后裔入谱。

我相信，家族的凝聚力是永远消失不了的！

2

从生理角度看，生死是必然、绝对的。人类就是在生生死死中繁衍发展的，只生不死或只死不生，人类就会灭亡。

从物理角度出发，形体化灰，他的精神留下了，比如他的思想、作品、名字、造像。他在哪里？在人的心中，在书籍中，在墓碑中，在家谱中。

对祖宗要怀有感恩之心，没有祖宗，就没有我们！

3

要修一部有文化品位、有历史传承、有当代风尚、有李氏家族个性的族谱，不仅要靠李氏后裔有文化、有知识、有财力者，更要靠所有李氏后裔的参与。

各村支系族人接到通知，按时来到修谱办。平时互不相识，而一见面，每个人的神态表情、语言行为是那么自然、真实，就像在家里和亲人相处，没有花言巧语，没有虚伪客气，热情叙述李氏渊源和名人故事，还透出些自豪感。

大家都同意入谱，让自己和子孙后代的名字和事迹流传久远，征稿讨论群策群力，认真踏实。我们有目的吗？为名还是为利？

这就是中国姓氏文化的凝聚力，也可以说是一种魔力！

“血缘基因传承李氏族爱，家谱方舟载渡世代永生”，我有感而发，提笔为李氏修谱组委会办公室撰写了这副楹联。

4

在这里，自己说了算，随心所欲而不逾矩，没有制约，没人管，主动而勤奋地工作，充分发挥个人才智，且又和谐团结。

这是一个靠觉悟来约束自我的团体。我们在这里找到了自我，找到了逍遥，找到了生命的价值、生活的愉快。

我们不言劳累，是因为“真水无香”！不图名利，不图赞扬，只要尽到身为一个李氏后代的责任。让李氏文化世代相传，靠觉悟工作，自觉自愿付出，什么困难也难不倒！

家谱，家庭繁衍生息的谱系。我们不言怨悔，是因为心中有个“大爱无疆”！大爱是什么？大爱就是李氏的后代都可以入谱，李氏的后代都可以互帮互助。

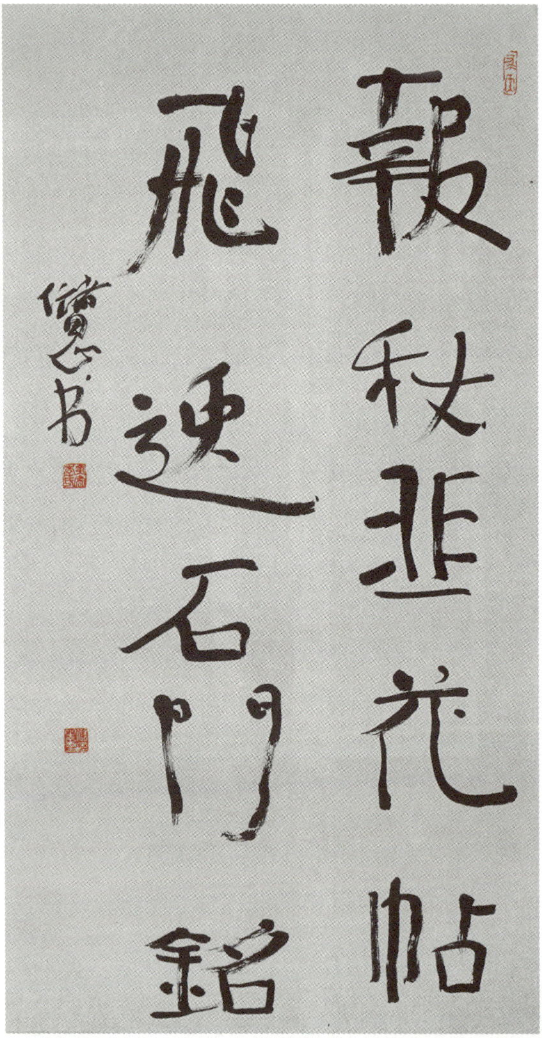

为了永久的纪念

1

人生符号的圆与缺

储坤，先别走！

人死固然可怕，但有些死却没有痛苦过程，这样的死不可怕。最可怕的死，是自己知道已患了不治之症的后期。医生说："如果动手术，能活两年；不动手术，能活一年。"

心理素质再好的人，去专心做自己感兴趣的事，比如旅游或读书，可也阻止不了死神的临近，赶不走死神的侵袭，这是人生中最残酷的事之一。就算他抓紧时间行善，把爱心献给社会，把智慧留给社会，可死神也不宽恕，最后还是得走。

我的胞弟储坤，2006 年 5 月被查出患了食道癌。食道与胃部连接处，有 4 厘米大的一个肿瘤。301 医院的专家告诉他，因他有糖尿病，且因患脑出血，头颅做过穿洞手术，身体虚弱，动手术有下不来手术台的危险，只好采用放疗、化疗，或任其发展。

他述说自己的人生经历：因被邻居迫害而从部队回乡，平反后复职，做过高密市宣传部干事，昌潍地区（潍坊市旧称）公安局反特科科长，高密市交通局、文化局副局长，高密市政协文史委员会主任。曾以一纸提案保护高密的古树名木，为一百多棵古树画像、拍照，并配上了文字故事，使高密的古树得到保护，他自己的生命之光也闪烁在每棵古树的树叶上。

储坤受两种思想的影响：一是孔子提倡的“仁”；二是毛泽东同志提出的“为人民服务”。他公正廉洁，一心扑在工作上；不损公肥私，不损人利己，在任交通局副局长时，给父亲看病从来没有用过单位车辆。

他给别人介绍工作，可自己的孩子到20世纪90年代还有一个留在农村。他就靠工资养家，从不贪不义之财，是共产党的好干部。

他对着不满一周岁的孙子惬意微笑，寄予希望。他热爱生活，热爱生他养他的家乡，热爱家乡的一草一木。

我们对坐，回忆、诉说儿时故乡的故事，谈论人生的喜悦与辛酸。

我能做的事就是安慰他，抓紧时间帮他出版一本散文集、一本古树名木画册、一本书画散文集，让他把精力放在出书上，这或许能延长他的生命，让死神更晚一些到来。

每个人都有生与死，人生符号的圆与缺全靠自己来画。

2006年6月19日下午5时

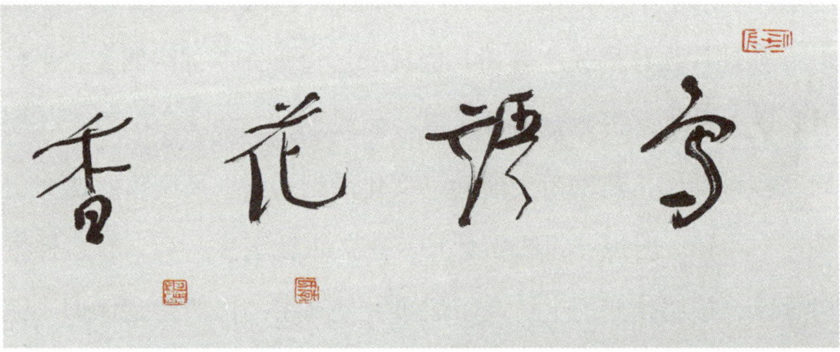

2

生死玄关

1997年春，储坤得了脑溢血，他躺在高密市人民医院内二科的八号病床上，头痛，昏迷。

主任医师郭明宝说储坤的病情很重，出血面积很大。他说了三套方案：一、转院青岛、济南、北京，以近的为好；二、请专家来高密会诊；三、就地治疗。

我在瞬间做出决定：在高密医院治疗。理由是：前两套方案中的第一套，转院去青岛，要四个小时到达，住院诊断结论最顺利也要六个小时，时间就是生命，此方案不可用；第二套，请专家来会诊，专家能否及时来不说，加上诊断，最快也得五六个小时，不可取。

我冒昧地问郭主任："咱医院以前做过吗？"

郭主任答："做过。"

"谁做？"我问道。

"我！"郭主任很自信。

我知道治疗脑溢血的关键是及时处理，看储坤那样子，五六个小时后怕有危险，大面积出血，时间一长就会危及生命。

我说："郭主任，就你来做，我相信你。"

郭主任问："你说了算？"

我说："算！"

他拿来手术同意书，要家属签字，储坤的妻子桂芬没有主张。

我拿过手术同意书要签。郭主任说："慢着！"他看着我，我从他眼神里领悟到了签字者的责任，手术结果的好坏、子女以后的生活，都要签字者承担……

我什么也不想，只想留住胞弟一条命，我一笔一画地签上我的名字。

郭主任就在那间大病房里挂上布幔，用“自制”的手术刀，穿洞，引血……

手术进行了两个多小时，血水顺着管子流到瓶子里。

做完手术，郭主任出来说：“很成功，很顺利。关键是及时，离发病才两个小时。”

真是奇迹，储坤活下来了，除了腿稍跛，无其他后遗症。

他又活了十年，写了五十多篇散文，以一纸提案保护了上百棵古树名木，中央电视台、山东电视台采访报道了他的事迹。他说：“这就是我生命的价值。”

他的散文集《灵魂的飞跃》在社会上发行，深受欢迎。他来世上走了一遭，散文集就是他的足迹。

2007 年 7 月 28 日上午 6 点（农历六月十五），储坤与世界告别了。他是 2006 年 5 月被查出患有食道癌的，之后又活了一年零两个月。

遵照他的遗嘱，我们在他的墓前栽了些萋萋毛之类的野花野草。我相信，光辉的生命不会孤单。

3

生命之光

储坤一脸安详地躺在床上，鲜花簇拥着他。他身着宽松的风衣、笔挺的西裤，戴一顶他年轻时喜欢戴的鸭舌帽。

党旗覆盖在他的身上，红色的光，映得他的面颊红润、有弹性，他嘴角微翘，满面欣慰，一副泰然舒适的神态。

此时，他的灵魂可能游走在遗体告别厅的空间里，观察每位遗体告别者种种不同的行为表现：叮嘱他一路走好，放心，别怕；为他戴正帽子，整好衣服，挥泪向他告别……

我离开了遗体告别厅，离开了火化场。我不愿看到殡葬仪式，不愿看到活者哭叫、死者无应的场面，不愿看到储坤的那些儿时好友挥汗流泪为他筑造掩盖他的坟墓，不愿看到乡亲们把盛放他骨灰的棺材吊放进墓穴，不愿听到撕心裂肺的哭声，更不愿看到掩埋他的那个土堆。因为我不去看这些不愿看到的现实，就认为储坤还没死，还活着，他在和我述说他一生的坎坷。

往事历历在目。记得他从 301 医院回来，对我说："我得了食道癌，已是晚期，还能活半年。治疗方案有三种：一是手术；二是化疗；三是服药顺其发展，叫'消极等死'。"

他就选了第三种方案，理由是对于癌症，很多强者、富者都无可奈何。再说和病魔搏斗拼杀，心灵、肉体都要受极残酷的煎熬，他不想再受这个苦。

他可不是消极等死，而是带上写生板、照相机，到全市二十几个村镇为古树写生、照相。他跛着腿，忍受着病痛，把这些古树的风貌用笔和照相机记录下来，把发生在古树上的故事写下来。有人自告奋勇跟随他采访，编辑了一篇篇影像报道，中央电视台、山东电视台、潍坊电视台都采用了。他说：“为古树忙起来，癌症就像没了，这叫魂系树魂。”

完成了古树影画，他又整理了这几年在报刊上发表的散文百余篇，我为他题写了书名“灵魂的飞跃”，印刷了一千册，他非常欣慰，说这是他一生干的第二件大事。我说：“一千册你可以全部赠给亲朋好友，不够我再印。”结果，他分赠了不到五百册，潍坊人民医院的院长被他对抗癌症的卓绝精神感动，拿着他赠的书法作品和散文集到他床前探望他。

储坤于1962年当兵，1964年任营部书记，能写会画，很有前途。世事难料，1966年，我当村支部书记的父亲李玉胜被人诬陷，说他1947年窝藏伪匪刘相甫，被打成“反革命分子”。没几天，储坤就由部队的两名军人送回老家胡家村。村里人很歧视他，让他干重活、险活，干不了就罚工分。他与“造反派”们英勇斗争，赢得了正义者的同情，选他当这当那，都被他一一拒绝。

1967年，我父亲恢复村支书职务。1970年前后，部队来人为储坤平反昭雪，县委书记郝清点名安排储坤到县委宣传部任干事。自此，他拼命地工作。他编辑出版了《高密文史》第一辑，介绍了“高密三绝”的发展历程，肯定了焦岩峰为弘扬“高密三绝”做出的贡献。

往事历历涌上心头，胞弟已去，我不禁追问苍天：他在哪里？

他没死。他的尸骨营养了坟上的树木，他的生命之光闪耀在高密古树名木的枝干间，闪耀在古树名木的每片叶子上。人们看到古树就提到储坤，古树见到来人就介绍说：“你想见储坤吗？

我身上那些闪光就是他，他在向你微笑，他在为你祝福，他在对你说‘我和古树名木同在’！”

他不再为那些虚伪的赞誉而愉悦，他不再为躲避那些暗箭而提心吊胆，他不再为儿女当牛做马，他不再为疾病对肉体和精神带来的折磨而烦恼痛苦。

他在那块石碑上，他在古树名木闪闪发光的叶子上，他在《灵魂的飞跃》那本书中。

2008 奥运随笔记

1

2008 年 8 月 8 日　星期五

晚上 8 点。开幕式一开始，就呈现出一派“公开透明残酷，谁也不服谁，谁也不让谁”的竞技气氛。

这将是一场场带有高尚而悲壮色彩的演出，带着使命感的合理拼杀，将所有异常狡诈的、聪明智慧的、争名夺利的、理智无情的战斗元素都隐藏在庄严的宣誓后面，求胜心将不会让步于善良，荣誉感将不会让步于谦虚，为了胜利，他们会一次次挑战极限。

为了胜利无情地拼搏、厮杀，即使汗流浃背，伤痕累累！

为个人争光，为家族争光，为国家争光，是一个国家走向文明发达的标志。

2

2008 年 8 月 9 日　星期六

文字、书画（《游春图》《清明上河图》）、造纸术、印刷术、火药、戏曲、太极拳、三千弟子诵简牍（《论语》）、古乐器、陶器、青铜器、键盘，通过这些文化元素符号，让外国人，也让中国人自己沿着文脉上溯文源，真正了解中国。

古画、文字、文房四宝、戏剧、丝绸之路、兵马俑、礼仪、太极拳、道学之天人合一、三次“活字”的出现，表明四海之内皆兄弟也，张艺谋用现代的视听语言传递出中国灿烂的传统文化。

中国文化这部书，不光外国人不容易读懂，中国人精通的也极少。张艺谋读懂了。把不住文脉怎么厘清现实中存在的问题？怎么铺设往前走的路子？

让世界、让中国人把着文脉读懂中国，通过文化元素符号了解中国，这个收益太大了！

画卷穿越了历史时空，体现了中国文明发展的步伐，舞墨、舞勺，舞出历史画卷，敦煌沙漠中的舞，让世界领略优雅的东方神韵，感受现代中国的魅力。

中国水墨画讲求以形写神，不拘泥于形似，更求神似和神韵。舞蹈演员以独特的肢体语言，体现水墨画特有的神韵和意趣，五光十色，穿越时空，穿越心灵。

29 个用烟花构成的脚印，从永定门迈向鸟巢，穿越时空，中国终于梦想成真了。红色一向是中国人的情结，是喜庆的象征，很多人都选择了红色的中国结来表达自己的自豪和愉悦之情。刘欢、莎拉·布莱曼（英国）一起动情地演唱了主题曲《我和你》。

是的，我们一起走是新创意，为了同一个世界、同一个梦想，张艺谋用奇妙的、梦想的、浪漫的手法和优美的视听语言传递出了中国的美，展现了厚重深远的中国传统文化，诠释了我巍巍中华独特的大国气质。

3

2008年8月10日 星期日

金、银、铜牌得主，高、中、低依次站在领奖台上，心情是否都一样？想法是否都一样？

4

2008年8月12日 星期二

无意于佳乃佳。陈燮霞在女子举重48公斤级比赛上为中国代表团获首金，她对记者说："我不是抱着金牌的梦想来的，我就是想和自己拼一场，把她们压下去。"

陈燮霞证明了自然平常无压力才能发挥得更好。杜丽是有意栽花花不发，自己是上届奥运会冠军，今日再夺，夺不到怎么办？期望使她压力太大。

比赛就是张扬强欲，强欲发泄了，精神也满足了。带着压力发泄，能力得不到顶级发挥，找不到感觉。

5

2008年8月13日 星期三

体育大赛，是体育健儿们圆梦的平台，也是他们平等竞争、找回自己、实现人生价值的平台。

6

2008 年 8 月 15 日　星期五

一名运动员成功了，媒体采访了这名运动员，让他谈体会、感想和下一步怎么办。亲吻、拥抱、鼓掌、喝彩、笑脸、鲜花、奖金……想到的都有了，没想到的也有了，生命光芒四射。

7

2008 年 8 月 17 日　星期日

观看乒乓球女子团体冠亚军争夺赛。

在今晚冠亚军赛桌上，张怡宁、李佳薇将展开争夺，她们却一个代表中国，一个代表新加坡。

这无可厚非，人类实现梦想的唯一途径就是拼搏，就是竞争，就是流汗，就是牺牲！

8

2008 年 8 月 18 日　星期一

张艺谋创作了奥运开幕式这个巨幅作品，是考验国民文化综合素质的大卷，说好者不知为什么好，骂者不知哪里不好，皆是读不懂者。

又联想到书法。99% 的中国人是书法盲，真懂书法的人只有

1%，这比例已是高开。

中国书法，论其实用价值，它早已退出历史舞台；论其艺术价值，它只在少数人中被继承。它是中国文化核心的组成部分，是中国文化元素的符号之一，博大精深，有永恒的文化价值。

当前人们正在亵渎和破坏着书法文化，而不是继承发展。

9

2008 年 8 月 19 日　星期二

人类梦想，世界大同，水火相融。

10

2008 年 8 月 20 日　星期三

运动员在比赛中进入了自我自由状态，他什么声音也听不到，什么杂念也不产生。

刘翔上届奥运会刷新纪录是技巧、能量、灵感与生命一起燃烧的结果，他已近极限。若非让他在本届夺冠，岂知对高强度的训练他的身体已不能承受。

客观事物的发展是不以人的意志为转移的。

11

2008 年 8 月 21 日　星期四

厚德载物，规矩已定，遵守规则而文明竞争。

12

2008 年 8 月 24 日　星期日

奥运会闭幕！

后记：拼搏创造奇迹

2007 年，来自肯尼亚山区的农妇切默季尔在内罗毕举行的国际马拉松比赛中，以 2 时 39 分 9 秒的成绩取得冠军。赛后记者采访她得冠军的动机是什么。她回答，冠军能得 7000 英镑，有了这些钱她就能让她的四个孩子上学了。

可见拼搏创造奇迹。

汶川地震随笔记

1

2008 年 5 月 12 日　星期一

天道无亲！

14 时 28 分，中国四川省汶川县发生 8.0 级大地震，15 时国家地震应急救援预案启动，16 时 44 分左右温家宝赴四川成都，深入灾区工作至 23 时 45 分。

2

2008 年 5 月 13 日　星期二

温家宝对政府官员们说：“先救人！”对被困在废墟下的孩子说：“孩子们一定要挺住，你们一定会得救！”

灾难牵动着亿万中国人的心，至 19 时，官方公布 12012 人死亡，社会各界纷纷举行捐赠活动。

3

2008 年 5 月 14 日　星期三

部队、民警、志愿者开展大施救。

4

2008年5月15日　星期四

上午9点，捐了一点钱，心里感到平静一些。

人们在热议："我要捐钱，怎么捐？""温总理，好总理！"

5

2008年5月16日　星期五

生命在天地面前是多么脆弱，老天在毁灭人之前最好预先通知或者警告，或者告诉人们为什么要毁灭你们！

6

2008年5月17日　星期六

被困129小时的司机获救，生命是多么顽强！

为了救出一条生命，无数人在付出。

仁者爱人是中国文化之源。

7

2008 年 5 月 18 日　星期日

晚上，中央电视台举行大型募捐义演“爱的奉献”，党和国家领导人出席活动并捐款，中央电视台等单位也纷纷捐款。

捐多少都是爱心，我们不能用捐款多少来评论捐款者是否大方或觉悟高。

继续施救，被困 139 小时的唐雄获救。

8

2008 年 5 月 19 日　星期一

今日起至 21 日为哀悼日，举国上下降半旗为死者致哀。14 时 28 分，行车停，行人停，坐卧者立，为死者默祷。

我不认识遇难者，却为他们悲伤流泪。捐一点钱，为活下来的受灾者早日康复尽微薄之力。

9

2008 年 5 月 20 日　星期二

面对天灾，人类无可奈何，能凝聚人类团结一心战胜天灾的只有爱。

我们有共同的爱。在汶川大地震面前，很多人都奉献出了自己的爱。

大爱无边！大爱无涯！！

10

2008 年 5 月 21 日　星期三

一位老师张开双臂用脊梁抵住楼板，死死地趴在课桌上，他再也没有醒过来，身下却护住了四名还活着的学生。

他的女儿坚强地说："我用血脉延续父亲的生命！"

这位老师的名字叫谭千秋，他的遗体是 13 日 22 时 12 分从废墟中被找到的。

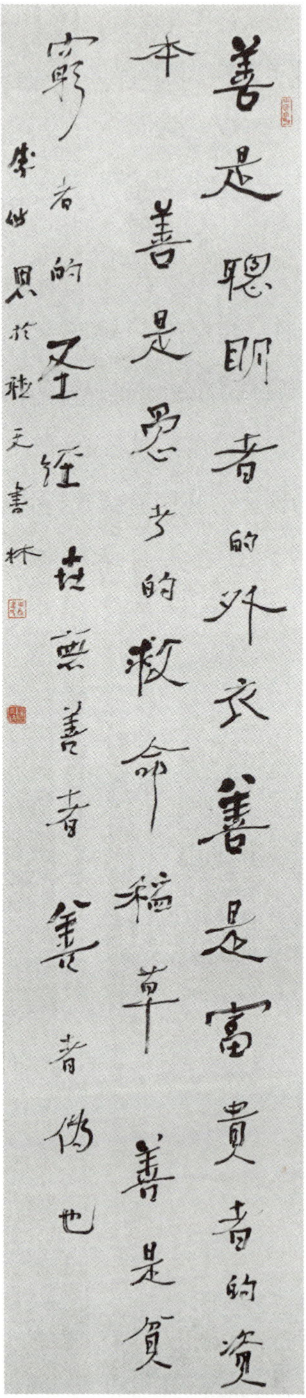
善是聪明者的外衣善是富贵者的资
本善是愚者的救命稻草善是贫
穷者的圣经

艺术篇

畅想录 CHANG XIANG LU

书法、宇宙与我

书法是人性灵感的显现、精神太空的显现，自由自然自在，是心中灵府的宇宙，无造作，无表面技术装饰，简净空灵，有道的内涵，意味无穷，让观者想象无穷。

形而下者谓之器，形而上者谓之道。

书法是作者心中的道、心中的宇宙，是作者心迹、禅思、美的素描。汲古出今，如“心与目凉”的荷、“实而少华”的蓬蒿、“无笔墨痕”的梅，多些精神的表现。

诗有韵外之致、言外之意、味外之味，画有画外之境，字有字外之功、字外神韵。

吾书追求简、空、静、清、雅，以平常心处平常事，积学养，厚文思。书法、宇宙与我，神遇之化境表达出来，以笔法形式表达对道德的感受。

我笔写我心

笔墨见精神，我笔写我心。书法是我寻求人生价值的另一种形式。不求人认可，只求自我愉悦。

你占有物的同时，物也占有了你，不被物占有，不做物的奴隶。

语言的背后是思想，思想的背后是灵魂。优秀的书法作品往往是作者精神与时代精神发生共鸣的产物。

虽然继承传统是基础，创新是在基础上发展的，但正如蜜蜂不留恋花园，书家也不迷恋传统。

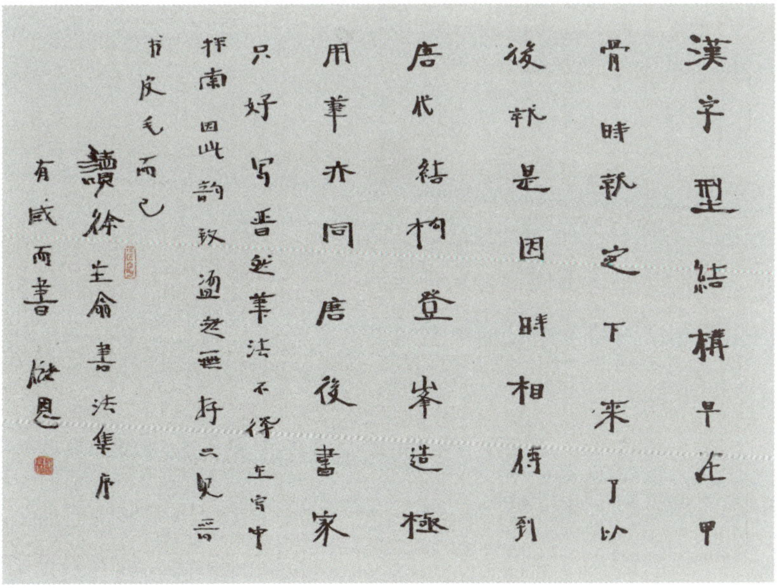

以书自娱

1

在信息时代，传统文化从无可奈何到顽固对抗，仍然表现在善与恶、利与义的决斗与人生意义的争论上。传统文化中有的给人的感觉是抑制、压迫与束缚。

魏晋风度以书传情达意，宣泄情绪思想，是无奈的人生被压抑之后的觉醒。而有些朝代的人生哲学总是喜欢把人装在“套”里，被来自家庭、社会等各方面的压力折腾得死去活来，不能这样，不能那样。既然如此苦苦煎熬，何不潇洒地、自由自在地活着！

魏书情驰神纵、韵高千古、气韵生动，我尚魏晋风度以形写神，畅游在书法苑里以书自娱。

2

线条是书法的生命，是书法的语言。书家把对大自然的领会内化于心，由简至繁，由繁至简，由形至意，由意至形，然后用手书写成形为文字。

在意境方面，书家以灵动的点画线条表现大千世界，从有限中游离出无限，化实像为空灵，传达墨像之外不可言喻的思想、飘忽即逝的情绪与独得于心的风神，将空间时间化，将有限无限化，将大自然净化、简化、淡化，这种忘言忘象、至简至纯之线，贵在得意，直指太极大道。我在点画、生命、精神境界里以书自娱。

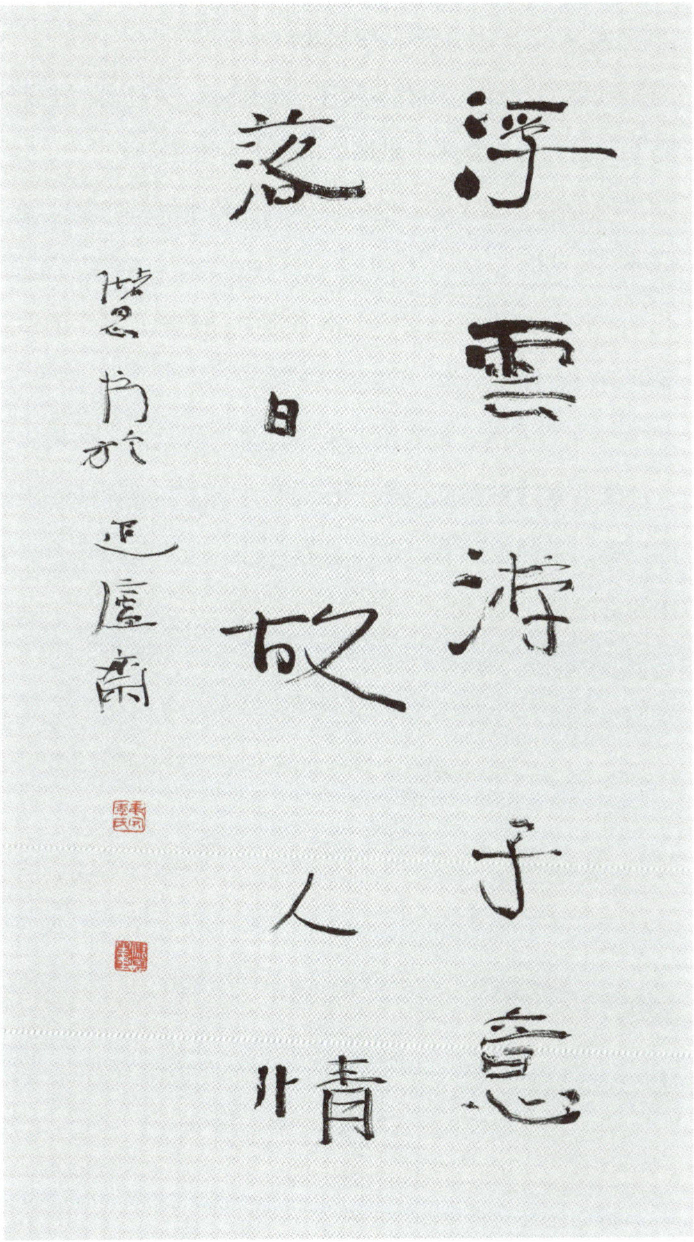

超越信仰

2007 年 4 月 19 日上午，与张磊论书法。

写字和信仰一样，一个人只有一个信仰，深进去，也能达到一个境界。但是他始终跳不出那个信仰的片面制约。

如果他懂得天地大道，他的境界就能超越那些粗糙之说，不至于钻进“死胡同”。

也如学问，如果只通文学，不通哲学、美学，那你的作品就没有深度，没有厚度。

熟悉一人的书法，最终出帖也是这个人的风格。如果你穷尽源头，各家各体碑帖都能烂熟于心、得其笔法，那你最终所成就会谁的也有，谁的也没有，就会是你自己，这才是经受大浪淘过留得住的书法家。

再放一点

2006年春节，守森看了我的书法后对我说“再放一点”，一语击中我的要害。我发现自己的字求全、求美、求工，或许与近来思想上萌生了些回避退隐之意有关。

根子却在于近来没读书，思想随之僵化，这时写弘一的字，越看越别扭。我还不想逃避现实，倒是应该轻松地对待，我自觉有能力在多元化的现实中漫游。

思想放，书法就放。

北魏王远、明代徐渭、清代何绍基、清末康有为、现代毛泽东均为这类书家。我选择了何绍基，飘逸而不放荡，临之心领神会，可谓“心为书画也”。

出书记

我的书法作品集外部形式与内部内容并重，注重艺术、文字、文学价值。

1

书人合一

馆阁体是过去私塾的必学内容，若要参加科举考试，首先要书写过关、技术过关。熟能生巧，可很多现代人不会走，先学跑（先学习行书）。我以为吃透传统再临古人，才能窥见书法之妙源。书法简历和人生简历是一回事，所以书如其人。

2

虚化的头像与灵性

书法与对事物的认识密切相关。书法是灵性，阴阳、黑白、时空、雅俗、理感、虚实……故不用清晰照片，择用虚化的头像。

3

文　心

文化的核心是哲学，从文心切入，提示这不光是书法。

4

内　容

文字内容共116篇，包含人生哲学与艺术，其中古人句28篇，自创88篇。

书家必书自文。如王羲之的《兰亭序》、苏东坡的《寒食帖》、颜真卿的《祭侄文稿》，这些书法不光好看，还动心动情。可临别人的作品，内容是别人的，无内容的纯艺术脱离了汉字载体。现在的书家书体是临古人的，内容是古人写的，什么是你自己的呢？

5

价　值

书法具备四个价值：文学价值、艺术价值、生命价值、文字内容价值。

众所周知，文学体裁可以是小说、散文、诗歌、戏剧等，而文学题材则可以反映爱情、善恶、战争、生命等。我的作品集体裁与题材为一体，“体裁”是书法，题材是生命哲学，诸如辩证观古、一切唯心造、生命与艺术一起燃烧才能放出奇光异彩等。

6

生　命

梦了知觉，情了见佛。只有你心里没有神，你自己才能成为神，神与物游，物阜民丰。创新生命模式，创造灵性空间。

什么叫书法

我教小孙子学书法，他不说学不学，只是问我什么叫书法。

我爱好书法二十多年，自以为掌握了一些书法知识，比如书法是写心的艺术，书法是中国文化核心的核心。可 6 岁的孩子能听懂吗？不过也不能让一个小孩子把我问倒了。理论听不懂，就用实物告诉他。我把张旭的狂草书法打开，说：“这叫书法。”他看了说：“这不是书法，这是画。”我大吃一惊，又说：“书法就是写字。”他说：“我写的字算书法吗？”

什么叫书法？我真的说不清楚。

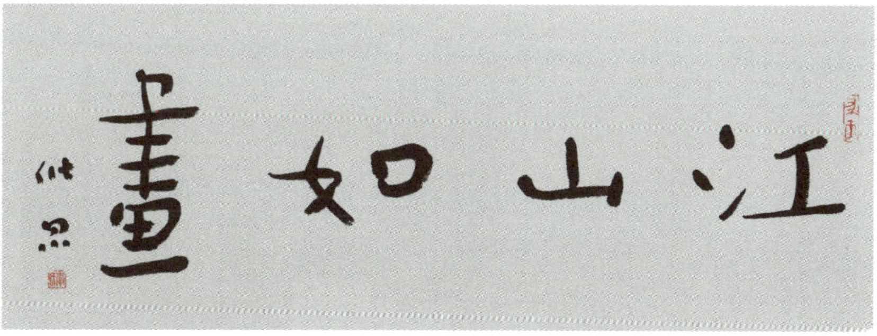

艺术与生命

漂亮、质感、细腻……是美的构成，不知是生命升华了艺术，还是艺术升华了生命？模模糊糊地觉得是互相升华。

别去追求生命的实质和归宿，要享受生命的过程，愉悦于每时每刻，让瞬间成为永恒。

艺术的生存方式注重对生命的体验和心灵的愉悦，功利的生存方式注重对物质的占有和官能的享乐。

艺术陶冶了生命，生命升华了艺术。

活出你自己的个性与滋味，有滋有味地活一生，于平面中见立体，在筋骨中见神韵。

书法与生命

1

熊秉明说："书法是中国文化核心的核心。"孙过庭在《书谱》序中说："达其性情，形其哀乐。"

我以为，玩味书法，可欣赏造型的意味、文学的内涵和哲学的境界。于此言，书法是作者以哲理与情思在造型空间上的创造。

书法表现人的心灵境界，需要具备先天的气质和智慧，也需要后天的经历和教养，二者兼备，才能形成自己的内心世界。

苏轼说："诗至于杜子美，文至于韩退之，书至于颜鲁公，画至于吴道子，而古今之变，天下之能事毕矣。"可见书法的精神内涵与诗、文、画是相通的。

心灵内，视之目。肉体外，视之目。平淡从容，有昂扬的生命才有鲜活的作品。

"昔者仓颉作书，而天雨粟，鬼夜哭。"文字的产生使造化不能藏其秘，灵怪不能遁其形。文学家凭借语言与文字来表达自己的思想，而书法家则是凭借文字与艺术来倾诉情感、抒发心性、展示怀抱。

书法与生命同步，有健康的生命才有健康的作品。

2

人只有与自然界（道）和谐相处才能获得自由，为了获得自由，才有了拼搏的动机，也就有了心理上的烦恼与悲伤。

你有了生命的自由，也就有了自由的书法。书法无声而具音乐之和谐，无色而具图画之灿烂。

书法是作者对宇宙（道）认识的呈现，宇宙就是自然，是和谐的空间，书法就是描绘这个空间的艺术。

书法也是作者对世界的另一种解说。古代书家在书写自己的心声时，除了技法，还有感情的倾注。

然而今天的很多书家只会照葫芦画瓢似的抄临古人诗词，他们都是书法技术员、工程师。书法界从 1985 年至 2003 年都处在技术关上，没有一人在技术上超越古人。真正的书家都应书写自己的诗词歌赋。

书法与生命不可分离，只要你把自己生命的韵致用书法形式表达出来，书法就具有了个性。具有了个性的书法，就是民族的，就是世界的。

3

无论是天文地理，还是文学艺术，抑或道德法律，都凝聚着人类的聪明与智慧，都是在历史的长河中人类前赴后继的精神积淀。

书法也不例外。

于我看来，随心所欲不逾矩的是书法，也是生命。我的书法随时代而更新，追甲骨、秦汉之源头，不拘一格吸收真草隶篆各体之精华。而我的人生则以地球史、生命史为鉴，不断学习领悟，永不满足，因为审美观在变。

如果缺少独立思考的能力，只会听别人认定的结论而让别人指挥，为别人活着，让别人说好。不仅累及身心，而且其书法中也难以有自己。

书法与生命从来都是水乳交融的。书法结体如裁衣择式，试想，都是由点画组成，何以有美丑之差？人的面容都是由五官组成，又何以有美丑之分？

4

书法没有法，是人生的乐趣，是精神的漫游，是生命的情韵和意绪，是主观表现的幻化物，是作者个性的体现。

世间万缘如蚊蚋的聚散，未尝一事横胸中。书法必须有心灵的参与，才能将干燥生硬的线条变得中和温润，将浮躁的心态调整得恬淡平和。将内心修炼寄情于笔墨世界，将智慧的含蓄、精神的蕴藉和内敛沉着之美表达于笔端，来表现宇宙万物纷呈的状态，书法是作者最简洁的语言。可见，书法是以万千情状来揭示生命所蕴藏的美的！

让现实洗涤心灵，艺术不是哲学，不一定非如此不可。

精神自由

1

心灵自由是人的最大追求，古今所有书家都在追求书写的自然自由。扭捏、造作、丑陋、庸俗皆不在自然自由之列。

弘一压抑了自己的天性，抑制是痛苦的、残酷的，是对人性的反叛。八大山人则对不重视自己的朝廷予以反叛，白眼鸟、变形字都体现着他对朝廷的睨视。

书法艺术无疑也是作者记忆的堆砌整合，成分越多、越杂，则越难合成。

2

传统是一条河，所有的文化精髓、糟粕都被卷裹着顺流而下；传统是一株花，再美的花盛放后也要败落。艺术是时代的产物，如唐代的律诗、明清的章回体小说、现代的文学、当代的“快餐”杂文。

人善恶皆具，各有标准，认识不同而已。文化乱则艺术乱，人性之恶泛滥，会致使文化轻狂，人性疯癫。“大师辈出”，谁都是艺术家，谁都是书法家。

改革开放以来，中国流行书风深受西方、日本的书道、前卫艺术的影响，观念主义盛行，实验之风泛滥，道德标准虽随时代而变，但石涛所说“笔墨当随时代”的精神内质已不见。

唯有民间书法，在当代文化的基础上，倡导对传统文化的弥补，纵横中外古今，扬起了市场需求对书法发展影响的大帆，体现着当代艺术的精神自由。

3

流芳百世的书法作品往往是作者在感情与理智之间、功力与修养之间的自由集成。

天真自然是秉性，解除捆绑才得自由，才得个性之本真。凡是古今的大书法家皆是这方面的典范，如米芾的奇气、徐渭的狂气、倪元璐的逸气、于右任的大气。

思想上戴手铐脚镣的人是愚蠢的落后者，给自己念紧箍咒的人亦是愚蠢的落后者。

书为心画

1

书为心画，如柳之霸气、颜之拙韵。

我喜徐渭、八大山人、何绍基、弘一、谢无量、《石门铭》、金文。其中，大拙中有柔。

我厌平、正、造、伲、妍之书风，其中，无自己。如秦桧、蔡京、赵构等都歌颂帝王，自己无主张，只能学别人。

我相信，人自由了，心自由了，字也就自由了。自由最难，你自由过几次？何时？

我书写我心，自己动手去“排毒”，按自己的审美观、世界观选择碑帖，这样的书法无病气。

写个性，有自由，书法自与生命合一。

2

从实用到艺术，书法走过了数千年的历程。半坡文化便是其中颇为重要的一站，它让我们看到了早期书艺的起源。

看那些出土的陶器上，有诸多图案记载着古人表达的记号，它们是古人用手和工具画出来的，是古人对世界的自然表达，神（神为神采、神气、神韵、气韵、笔势、笔力）居于上，可为心画也！

由此我想到，书之妙道，神采为上。深识书者，唯观神采，不见字形。

自古，几人书如其人？几人书我心怀？《兰亭序》能看出是酒后之作吗？

3

苏轼有诗道："论画以形似，见与儿童邻。赋诗必此诗，定知非诗人。"学琴得之海上，参禅来自屠门，以雅拙质朴表达精熟巧妙，戒"苦临碑帖至死不变者，为死于碑下"（齐白石语）。

书为心画，假以时日即达"自然如行云流水，凝练如骏马勒缰，秀媚如琴漪细流，隽爽如百花齐放，空灵如元气氤氲，圆妙如云蒸龙骧，飘逸如霓裳羽衣，冲和如光风霁月，豪迈如长风破浪，朴厚如寸木藤绕"之书法妙境。

4

书法在中华文化品格层次上是最高者。

画以形写神，而书法是神明精美。思想是什么水平，写的字就是什么水平。书如其人，书为心画。文化水平越高的人，联想就越丰富。

书法家须有厚实的文化和知识积累。眼光不同，对作品的看法也就不同。

我心中的美

1

“书如其人，书为心画”，那是我心中的美，即“自然、自由、自在、自愉”。

在书法苑里，任心漫游。通过书法，能立体地看到中国文化发展的轨迹，看到过去和现在。有猿人的简单生拙，有秦汉的博大，有魏晋的个性张扬，有唐代的雄强霸悍，有清代的碑帖结合。有古代的，有现代的，一个朝代有一种书体。

形式单调的作品，不是艺术。正如人要有全面的知识和素质，否则审美就是单一的、无理性的、不科学的。作者只有在知识的海洋里遨游，才能懂得书写的意义、文字的起源、字与艺术的区别，才能更好地继承和发扬书法，完善自我。

人成熟了，字也就成熟了。反之，人腐朽，字亦腐朽。

我尚人心皆自由，万事随心所欲，不做传统的奴隶，人不为别人活，字不为别人写。虚荣、造作、装腔作势、食古不化都是自己身上的枷锁。

2

秦汉尚气、魏晋尚韵、隋唐尚法、宋尚意、元尚态、明尚趣、清尚朴，每个朝代几乎都有属于自己的书法个性，亦有共性，即都借写实、写字、写意来抒发性情。

没有共性，就没有个性。没有个性，也就没有共性。

有法无法，篆隶多元统一。王羲之的书法代表不了魏晋的人性解放。所谓冲出藩篱自创门派，不是说终生只临一家或只临大家。

我心中的美是直泄心中块垒。写我心中的字，做我愿做的事。

生活中有了自己，字中也就有了自己。一辈子没有自己的人，也是没有悟性的人。

书札最能代表一个人的书风，作者没了文思，怎么写好字?是在借字说心中的事，这时的字无造作，无别人，全是自己。

3

徐渭骨子里鄙视传统，书画里表现的自然是创新。思想变了，技术为其服务。

写你自己的心灵美，表现自己，不是为别人。

我尚自编，趋向多元而统一。此时，每一篇作品里或每一个字中都会含有“真行草隶篆”多种书体。

4

我的书法在传统书法与禅意书法之间，追求超越生命和超越自然的空灵与清静，这种美在入世和出世之间。

要想让作品的气息打动人，不要只在技巧上下功夫，我认为它和神韵密切相关。平时读帖读画读印，一被作品打动就临，我不愿意为追求一种气息或境界烂熟一家之后形成自己的风格面貌。我喜欢看书，在边读边书写的过程中，我逐渐领悟到哲学的、文学的、科学的、艺术的、音乐的、美术的精粹，这些书法全包括。

我的书法如同我的生命一样，至今没有找到我，不过我已经隐隐约约地看到了我的身影，我在不远处晃动。

我临得最多的碑帖是《石门铭》，其次师法八大山人、何绍基、弘一、谢无量。我认为书法家写字就是写心，写他心中喜欢、追求的那种美。

所谓写字在心不在手、在神不在心、在魂不在神，即是指作者在借着汉字符号的形诉说着自我的精神。真正的创作者在创作的过程中，所表现的不仅是自我，还有本我和超我。此时作品放射的奇光异彩，即是作者生命和艺术一起燃烧的结晶。

生命的美

书如其人。书者是在书自己，书写自己的美学知识，自己的美学观。每个人的审美观，往往在他最熟练的艺术中体现。歌唱家通过唱歌，美术家通过绘画，木匠通过做家具，书法家通过创作作品，表达自己心中的美。它是一个愉悦的过程，是生命的需要。动机不是给别人看，不是取悦于人，不是制作别人的欣赏品（如果别人喜欢，那是知音），这也是艺术家与匠人的区别。

书法的魔力是好看！谁看了好看？是自己、别人，还是不懂书法的人？

真正的书者不会改变别人，而是要表现自己。对他来说，书法不仅是医治心灵创伤的良药，也是使心灵平静的镇定剂。

但自古书法之形变化易、蜕化难，唯有书家的心智才是书法之妙源。于是，我以我书遗古人之法象形貌，写一己之魂魄胸怀，力达自然之心境，呈现线条的空灵简净、圆转流畅、简练浑朴以及气象的浑穆高古、自然率真、天然灵性。

王羲之说：“万籁虽参差，适我无非新。”我在传统的、当代的精华中汲古出今，做人有自己，书法亦然，皆不做传统的俘虏。

人性之美

王羲之说：“书须存思。”张怀瓘说：“从心者为上，从眼者为下”“不由灵台，必乏神气”。刘熙载说：“笔性墨情，皆以其人之性情为本。是则理性情者，书之首务也。”杨承伟说：“要写苦枯写不成，写到愁惨云烟横，心中自有真丘壑，一片闲情听雨声。”

而吾认为意露则浅，气露则粗，味露则滞。形有法，意无法，笔随意到。意是境界，是胸怀，如大海无限宽阔，博采众家化胸中方奇，妙哉！

静水流深，真水无香。书法以笔法为“技”，以精神为“道”，以“艺”为艺术品的形式法则。

书法启示人的心灵，培养人的情操。书法是纯美艺术，无关功利。书法对提升社会精神文明、弘扬人性之美起到潜移默化的作用。

书法的风神

书法是以实用为目的、以书写为手段、以点画为结构元素完成的抽象造型艺术。

刘熙载说：“学书通于学仙，炼神最上，炼气次之，炼形又次之。”书法拢天地于形内，挫万般于毫端，通三才之品汇，备万物之性状。可见神才是中国书法之为艺术的基本要素，书者要通过体察、体悟、磨炼，才能在笔端汇聚于神。

书法因具有哲学内涵、美学精神而感染人心。但书法的感染力不是所书文辞赋予的，而是书者借助文辞的书写来表露其宇宙意识、哲学观点和美学思想。文辞与书者的性情、修养、功力等结合，才能孕化出一定的书法形态风神。

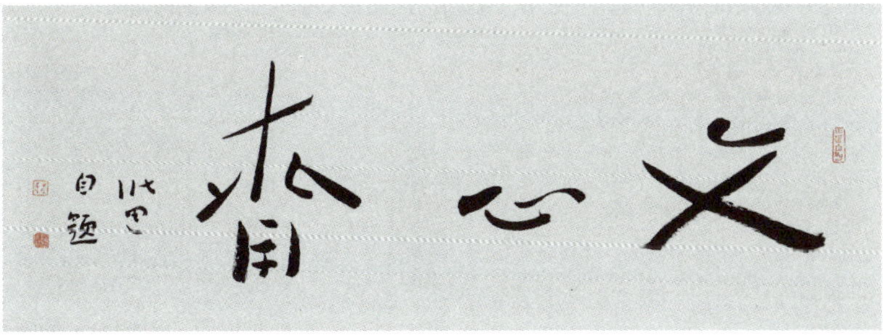

抒情的本意

诗人写诗需情感，书家写草为抒情。

《兰亭序》的烂漫、《祭侄文稿》的悲愤、《寒食帖》的苦涩，皆是书者情绪和心境的合成，都不是刻意创作的产物。而后人喜欢用自己的心意去解释这些作品，结果歪曲了作者的本意。

观书如观人

观书如观人，外反映内，形式反映心理。如书，色泽不同都受欢迎；如人，行为不同各受其爱。

常人、平人、凡人观书往往看外形、重视觉效果，所以也就有了书法“新可激人、奇怪可激人”之说。奉行此道者，大有人在。

书法与三我

钱锺书看人有三个标准：一是看过书的；二是读过一点书的；三是没读过书的。

书法亦然，也有三个标准：一是本我，没临过帖的人；二是自我，临过帖的人；三是超我，有古人、有传统，在此基础上有自己，也有创造。

造型的艺术

文学是语言的艺术，而书法是造型的艺术。

两者的不同在于，前者凭借文字塑造人物形象，后者以挥洒书写塑造汉字形象。可于内紧外松中彰阳刚之姿，可于内松外紧中显阴柔之美。

艺术的双重价值

书法应跟随时代。如果艺术家的作品塑造了一个“由穷变富、由弱变强、由俗变雅、由糊涂变明白”的思想境界，那么这样的作品就具有了巨大的精神价值。

如果艺术家的作品换来了货币，这说明他的劳动同时具有了一定的物质价值。

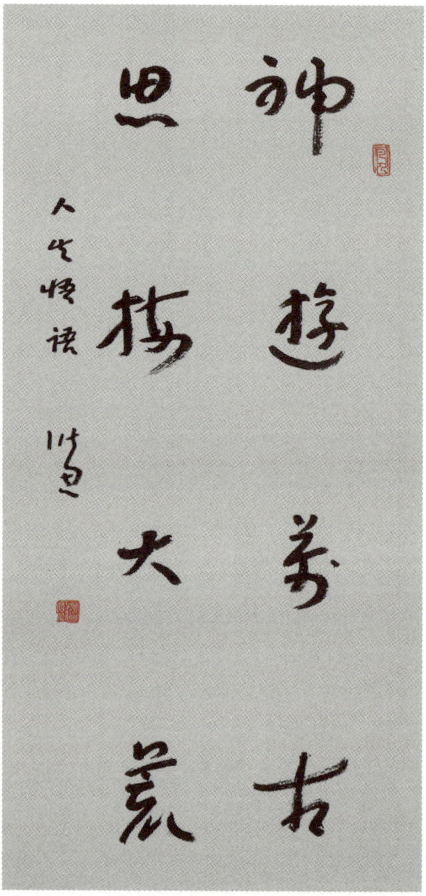

艺术的本质

艺术是精神生活的结晶，是性灵的产物。

汉字在中华文化历史传承中发挥了重要作用，而书法正是以汉字为载体，以纸墨为媒介，运用技巧融合历史、理论、美学、哲学、鉴赏等多学科的学术精神为书道，去书写道德与创造内容的。

可见艺术的本质在于启迪人的智慧，净化人的灵魂，陶冶人的情操。

爱艺术的目的

当今世界，政治、经济、社会、文化、艺术各个领域都在走向国际一体化。

现代人的生活追求，在艺术与功利之间。前者注重对生命的体验和灵魂愉悦，后者注重对物质的占有和本能享乐。

人有两种活动：一是生命的自我娱乐和自我享受，一是消耗生命以求外在利益。

至于生前成功，死后留名，休矣。创作的快乐与享受，是爱艺术的目的，乃吾之心声。

智性的艺术

书法是智性的艺术，如果书法不能发展本民族文化的个性，不能紧跟现代人的思维和文化，那么也就失去了它自身的价值。

我们怎样让书法在经济全球化下发挥作用，成为刻不容缓的艺术课题。

“书法是不是制约？是不是阻碍？是不是……”这是当代书法界必须面对和思考的问题。

艺术永恒化

艺术的生存方式注重对生命的体验和灵魂的愉悦，而功利的生存方式则注重对物质的占有和本能的享乐。

功利地活着不能久远，而艺术地活着则是永恒。

有什么样的审美观，就有什么样的人生。正是艺术使瞬时永恒化，使本能神圣化。

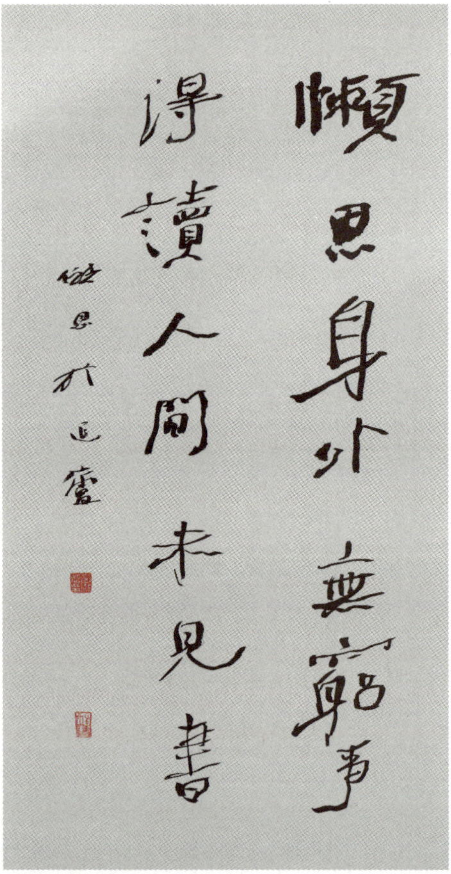

书法是世界的

书法是生命的符号，精神的载体。作者通过书法来表现自己的思想和灵魂，表达自己的审美观和世界观，因此我说书法是有思想内涵的文化产物。而书法要表现出这一切，必须紧跟时代，它不仅是民族的，也是世界的。

现在全世界那么多人对中国书法感兴趣，还有不少人练习中国书法，或许能给我们带来一定的启示。

情智的载体

当书法家的梦，我一回也没做过。因为在我的印象中，古今大书法家都是政治家、文学家、思想家、学问家。他们都是饱学之士，上知天文，下知地理，有学养，有知识。书法只是他们表达思想、宣泄情绪、抒发抱负的载体。

如《兰亭序》是王羲之神采飞扬的愉悦的记述，《祭侄文稿》是颜真卿追悼亡侄内心深处悲恸的流露，《沁园春·雪》是毛泽东指点江山、激扬文字的大无畏英雄气概的展现。

历史的空间感

传统是创新的基础，创新是发展的动力。

神采、精神，抽象于形而上；技法、形状，可视于形而下。而形式却是神采和书意寄托的载体。

当代书法应在传统的基础上继承、创新，跟随时代，只有体现出与时俱进的精神，才能有历史的空间感。

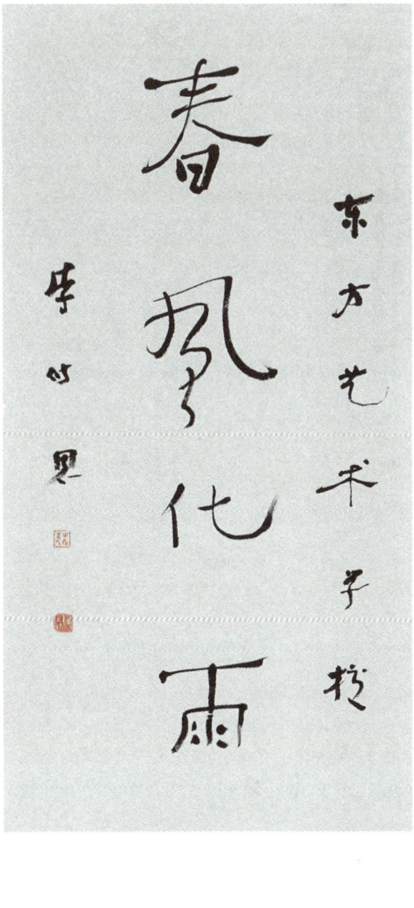

诗与书法

诗的材料是字词句，作者把字词句巧妙组合、产生张力碰撞，来表达自己的志向，抒发自己的情感，生命因此得以升华。

书法的材料是点画线条，作者通过点画线条的枯湿浓淡、轻重疾徐、结体变化、章法布局等技术手段来表现美学的感染力，以表达自己内心的愿望，生命也因此得以升华。

徐而庵先生说，“学诗如僧家托钵，积千家米煮成一锅饭”，学书亦然。

书法如创意

有位独眼将军请画师画像，第一位画师按将军的样子画得逼真如实，将军不满意。第二位画师让将军拿一把扇子遮住失明的眼睛，将军说没威武之气。第三位画师让将军闭一只眼睛弯弓射鹰，画中的将军威武神气，又不失威严，将军重赏了第三位画师。

三位画师如临帖者，第一位画师没有看到帖的优劣，依样画葫芦。第二位画师看出了缺点，便舍去缺点，但方法不对，结果把缺点给突出了，使临作不伦不类。第三位画师则是彰显其优点，避其缺点，形神完备。

可见，书法如创意，同样需要知识、学问、智慧的融合与创造。

唐太宗与《兰亭序》

不知为什么，我一听到是皇帝崇拜的人，就对其产生怀疑。比如皇帝尊孔丘，为其修庙筑坟，那是因为孔子学说对他有用。其实儒家学说只有孔子一部分，有些还和孔子学说相悖。但被皇帝一尊，孔子的地位就非常高了。

王羲之也一样，唐太宗说他的书法好并以《兰亭序》殉葬。后人迷信皇帝，都跟着说《兰亭序》好。有人不懂为什么好。难道就因为皇帝说好，你就不敢说不好吗？

其实唐太宗的目的是表明他懂书法。唐代文化繁荣，出现了李白、杜甫、欧阳询、柳公权等名家。他把王羲之抬高，其实是为了否定他人。后人果然上当，都说唐太宗懂书法。

现在也有人抬出自己是某某门下人，打着什么恢复书法正风的旗号，殊不知现在是多元文化时代，谁还听唐太宗那一套！

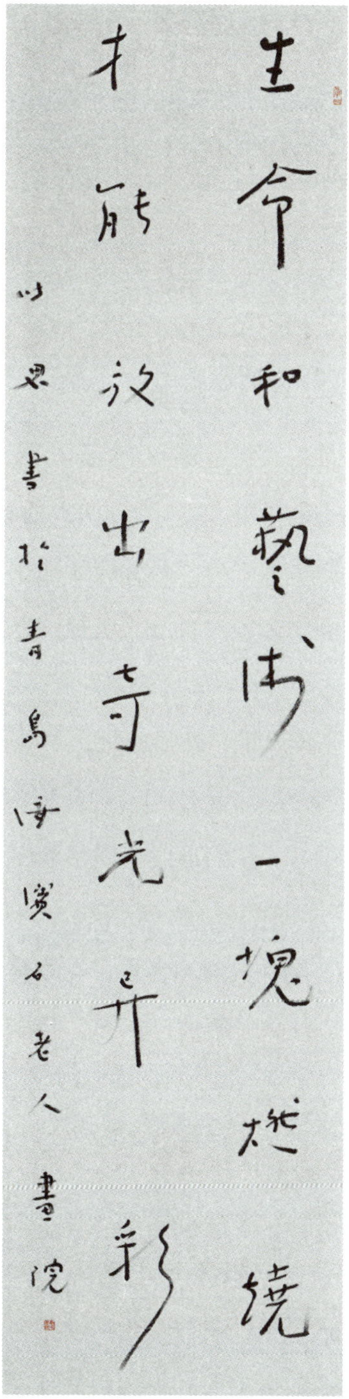
生命和艺术一块燃烧
才能放出奇光异彩

读《中国绘画美术史》

1

传神

顾恺之以形写神，写灵、融灵，一开山水意境传神之端。

所谓山水传神，是指山水的“美”给人的感受在画上的落实。故有传物之神和借物传神之分。两者的区别在于，前者以自然界为精神食粮，通过画物来表达自己的精神、思想、美学观；后者以自己之手写自己之心，将“太虚之体”变“存目之明”，降“神明”以“写心”。张璪所说“外师造化，中得心源”即是此意。

以此而论，传神之画皆是作者以对自然界的体悟或以对自我内心情感的宣泄为中心，从而通过笔墨彰显出画作独有的气韵与神韵、神灵与神气。

立万象于胸怀，物在灵府不在耳目，故得于心应于手。若画之物不从灵府中出，仅从“陋目”中出，所画只是物之赘疣。

2

想象与记忆

想象凭借记忆所供给的材料进行活动，它是在人的头脑中改造记忆的表象而创造新形象的过程，也是对过去经验中已形成的那些暂时联系进行新的结合的过程。

书为心画、图为心画、言为心声都体现了想象力，而“心者，生之本，神之变也”“心者，君主之官也，神明出焉”则说明了神因心而生而变。

《孟子》言：心之官则思。我认为，智慧、天才、精神、情感、思想皆属于神明范畴，经由“太虚之体”变“存目之明”。

也就是说，只有由心之想象变成目之可见之画，才能挥千毫之笔，展方寸之能，立万象于胸怀，实则万类由心也。

魏晋之美

汉代艺术以古拙、气势美、厚人伦、美教化及巧细而轻、拙粗而重著称。

西汉人的观念完全屈从于神学目的论和谶纬宿命论，直到魏晋，开始自觉、觉醒。魏晋之风与歌功颂德、讲实用的西汉经学文艺相区别，产生了真正思辨的理性的“纯哲学”和抒情的感性的“纯文艺”，是思想史上的飞跃。

人们在怀疑和否定有传统标准和信仰价值条件的前提下，开始对生命、意义、命运重新发现，从而思索、把握和追求生命的永恒。

曹氏父子破坏了东汉重节操伦常的价值标准，促进了魏晋之风的形成。汉代重视外在的功业、节操、学问，而魏晋重视内在的思辨风神和精神状态。人们的心思、眼界、兴趣由环境转向内心，由社会转向自然，由经学转向艺术，由客观外物转向主体存在。审美以形写神、气韵生动，语言艺术言不尽意，书法神清气朗。

美学理论和艺术原则是文的自觉，人是内容，文是形式。表面潇洒、风流、飘逸，骨子里却潜藏巨大的痛苦、恐惧、烦扰。如陶潜内在的不委屈以累己和外在的自由恬淡，如阮籍表面潇洒而内心忧伤。

魏晋风度如药如酒，且从容、飘逸、华丽。

时代的美

既书如其人，则学书亦如学人。

不知怎么，我一看到传统书法，就看到了中国传统文化，就想到了仁义礼智信。可现在是信息时代了，怎么还学古代呢?

所谓“中国书法是中国文化核心的核心”，指中国文化的“核心”是中国哲学，而“核心的核心”是书法；不是说让中国文化永远固守不变，而是说要在核心内容上有所变化。

中国书法是世界文化的一部分，关键在于融入。书法当跟随时代，书法应表现出时代的美，要有时代的鲜活血肉与灵魂。

现在中国书法的传统派、现代派、后现代派、学院派都应引领学风，虽然学者派、民间派都在两极上执着己见。

传统派在重复古人的外表，现代派在沙上建塔。中国书法具有实用价值和艺术欣赏价值，爱好者却对此不理解。

美感的艺术

书法是视觉艺术，以笔墨纸砚为工具，以汉字为对象，以书写功夫为基础。书法是宣泄情绪、创造美感的艺术，它记载着人类发展的轨迹，是人类精神的心电图。

歌德所说的“理论是灰色的，生命之树常青”是实践后的真知。然而有些人临帖，总重复古人。为了让别人满意，总喜欢表演以受宠，就像宠物滚完球顶着碗以争吃的一样。更有些书写者左手写、倒写、空中写，飞笔变形，大泼墨，以求领导肯定、观众叫好，可悲！我认为模仿靠眼手，只能见皮毛。唯有意在心灵，作品才能见神传神。

历史如浩海烟云，书法形态多样。每位书法家都有自己的生命模式或艺术理想。

历代都有书法家，如东汉张芝、三国魏钟繇，东晋王羲之、王献之；南朝宋羊欣；初唐四大书法家虞世南、欧阳询、褚遂良、薛稷，“草圣”张旭，被称为“颜筋柳骨”的颜真卿、柳公权；被称为“宋四家”的苏轼、黄庭坚、米芾、蔡襄；元代赵孟頫；明代沈周、唐寅、董其昌、文征明；清代傅山、郑燮、邓石如；近现代吴昌硕、于右任、林散之、沙孟海、李叔同；等等。

如按艺术理想可分为圣、师、家、匠四类。“圣”以理论，开宗立派；“师”以个性、天赋，各体皆能创新；“家”讲人品、天才、功力；“匠”以模仿、表演，守旧。

中国书法史就是一部思想史，书法因为有了思想而常青。没有思想的支撑，无论哪种类型，都离真正的书法还很远。

书法的创造

有人说，书法的创造在古人那里已达到极致，今人无创新，让今人在古人前站住。我认为书法一个朝代有一个朝代的特性，如晋人书取韵、唐人书取法、宋人书取意。但这并非说，唐人书无晋韵，宋人书无晋韵唐法，而是他们既吸收了传统又有了自己的个性。

“欲前先后，欲进先退，欲下先上，欲右先左。”这是书法用笔的秘诀之一。书法正是以积点为线，以气连贯线而成，此时线条是神气骨血的基础。书法以实用为发端，当代亦然。如果失去了实用性，就等于削弱了自己的根基。

现代的书法家必须把古人传统书法的各种特性融会到自己的笔墨中，师古人迹，师古人心，书写自己，创造出新的面貌，精神不受时空的限制，能穿透、超越、神游于天地，思接于千载，观古今于须臾，抚四海于一瞬。既有传统、有古人，也无传统、无古人，最终还是他自己。

书法家书写时抒发的是自己心中的情意，书出的作品自然是他的灵腑之作。此刻万千形态，胖的、瘦的、动的、静的、美的、丑的、善的、恶的，任由他随心在手。

新古典主义思考

书法现状是恪守传统不变，在传统基础上创新。周俊杰先生把在传统基础上创新命名曰“新古典主义”。

古代书法艺术在特定政治、经济、文化环境中复兴古典时期的艺术精神，表现为自由、爽健、纯真、生气的童年艺术美。

新古典主义具有鲜明时代特色的、更高层次的生命形态，不单纯是碑帖，而是碑帖融合，重情、重趣、重理、重气，呈现出当今时代的新气息，符合时代审美观。

眼界高时无碍物，学问深时意气平。王羲之书法之所以“力屈万夫，韵高千古”，在于技近乎道、熟技而神出。由熟及生，不成熟即美。

20 世纪后 10 年，书法家主体精神表现由此得以张扬。

开阔的心灵空间

书法是作者把各种书体、各家用笔大合成的产物。合成不仅需要良好的悟性，也需要深厚的功力。悟性是作者的学问、审美观、人生观在心理和神韵上的体现；功力则是时间、能力在线条上质感的体现。用笔和结体都是书法入门的必备技能，二者的关系处理得越好，作品质量就会越高。它是多元的、立体的，美丑雅拙，古今皆具。

这还要看作者的知识、学养、悟性、世界观。

现在的问题是写字的人多数不懂书法，看字的人亦然。人们把书法庸俗化了，借它当官夺权，借它争名夺利。

读书以求知、炒股以求财、交友以求谊，而写字以求美。书法“囊括万殊，裁成一相”（张怀瓘语），形式美以满足眼福，内容美以满足神福。由技近乎艺，由艺近乎道。八大山人用笔简练是内心收敛的表现，可见书法是传达心性的通道。我明白了生命与艺术的本意，在平淡、轻松、不造作、自然、简约之间无剑拔弩张的表现欲，法为意而存在，来呈现自己心中的那个宇宙。

面对当今世界各种思想文化相互激荡，有吸纳又有排斥，有渗透又有抵御，面对工业给社会带来的巨变，我们不需要目瞪口呆，不需要惊呼大骂，而需要冷静地思考当代书法该何去何从。

我认为书法应塑今人之神韵，有骨有肉，有血有力，有精神，有朴实趣味。书法是自我表现的工具，是自我精神的寄托，是自我审美观的表现。

书法进入人文

书法现在作为一门人文学科，向人们提供的东西太少太少。过去把字写好是文人出路的必备之能，谈不上书法，更谈不上艺术。

然而书法要进入人文，必须有思想有主题。像学院派尊崇观念的物化形式，如书法线条与京剧唱腔近似，似人的语言发音，汉字就是线条。

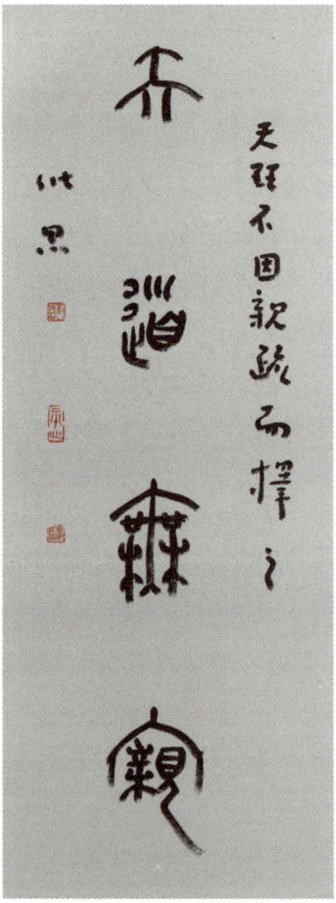

书法与观众文化的定位

书法与观众文化的定位大致分为四圈：第一，感官刺激，受众最多，圈面最大；第二，情感刺激，受众较多，圈面较大；第三，哲理感受，受众较少，圈面较小；第四，审美感受，受众最少，圈面最小。

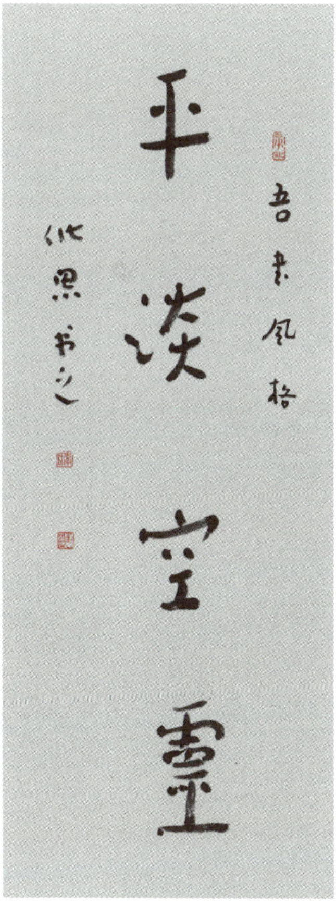

把书法融入中国文化

把书法的艺术性和实用性结合起来，丰富发展中国书法，把书法融入中国文化，应是当代书法的发展方向。

在内容上可将诗词歌赋、名人格言、自编诗词等文化元素与教育、经济等社会元素一起融进书法，与时代精神同步发展。

在形式上要多元发展，这不仅是中国书法家协会的事，其他如职能部门、文化机构、民间组织及个人也应共同促进书法艺术的多元发展。

书道与人生

我最烦恶两种作品：一种是极像某古人，如米芾，如王铎，重复传统，无一丁点变化；一种是没有古人，靠粗黑怪熟，靠矫揉造作，像小儿头上扎了毛巾、嘴上粘了胡须、腰里扎了扎包、手里晃着烟袋，这是游戏杂耍，不是艺术。

我也厌恶两种人：一种是嘴上说的仁义善良，穿西服、戴领带，满面笑容，但背后却贪污受贿无恶不作；一种是吃穿住行死守古人、反对现代人，骂现代人一切都为钱，可自己却帮人办事要钱，帮人写对联收钱。

书法与人生

自卑、虚荣、求名，取悦别人、讨好别人，为别人活、活给别人看，这样的人，毫无做人的尊严。这样的人，写字也是为别人写，为取悦别人、让别人说好而写。

我崇尚：做人儒道佛，读书文史哲，写字（书法）融碑帖，思想中外结。

书法与人品

1

一人写字，数人评；内行写字，外行评。如领导写得好，评委写得好，权威写得好，名人写得好。按别人要求写是讨好别人，不是书心，不是书自己。

人品与书品无关。音乐家、戏曲家、画家、木匠怎看出人品？

2

书法怎么表现人品呢？

今天是忠臣，明天是奸臣，一朝天子一朝臣。有人说和珅是奸臣，有人说刘墉是忠臣，是“字”里体现的吗？

难道就因为儒学的审美标准是“中庸”吗？

书法介入社会

当今时代，书法艺术的发展应遵循以下理念：所谓改变观念，并非抛弃传统，而是在继承优良传统的基础上进行创新，促进多元发展。

我认为，书法介入社会的方式大致有三：第一，“随大流”；第二，积极参与；第三，引领社会。

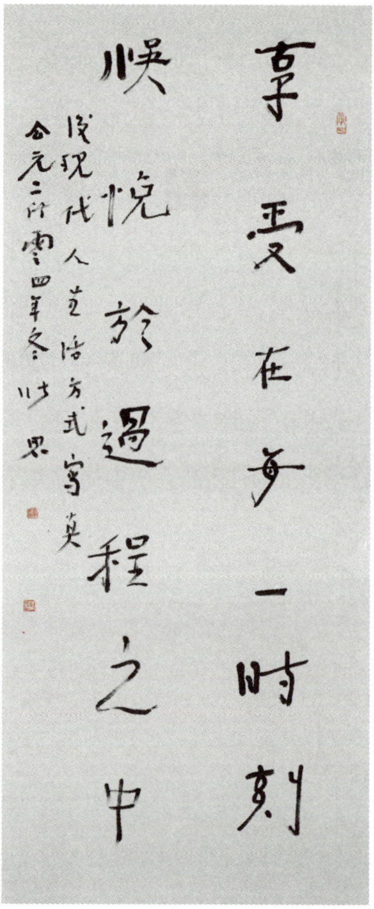

字为谁写，人为谁活

字为谁写？

字写得好有个潜在的流行“标准”：一是评委说好；二是外行说好；三是行家说好；四是自家说好；五是领导说好；六是职务高就好；七是包装者说好。经纪人为赚两头儿的钱，吹捧作者出书、开展会、获奖、聘任职务、出国、搞笔会、上报纸等。

时下，书法爱好者们投其以上所好而书写，投其以上所好而选择，以致书法界怪象丛生，书法作品真假难辨。由此，我联想到人生与社会、人生与当下。

一为别人活，求别人说好，违背心愿，看别人脸色行事；二为自己活，遵从本心，坚定信念。

那么，人到底该为谁活呢？

字里有生命

你是按别人的要求生活吗？你有自己的生命标准吗？你是为自己而活吗？你是按别人的要求书写吗？你有自己的审美观吗？

人不是活给别人看，字不是写给别人看；人不是为别人的评价而活，字不是为别人说好与不好而写。

按我自己的人生标准活，按我自己的审美标准写，我写的字里有我的生命。

人以字传

谁可成为书法家，取决于欣赏者；谁可为官，取决于老百姓。

自古恣狷、轻佻，俗之小人也。有的人，出工费力费钱写出字来，只为别人服务，让他们评头论足。你怎么不看看他们之中有几个人会写字？有的人不懂书法，居然也办书展，字是他人代写的，却自己装裱、把关词语，还让原作者参加开幕式，这无疑是欺世盗名，无疑是自欺欺人，滑稽至极！

我们的书法界，就曾经流行着一种不正之风。它的属性是官场批评，是“字以人传”，人出名而字随之。真爱书法者，千万别上当。

刘熙载说：“高韵深情，坚质洁气，缺一不可以为书。”书者应“人以字传”。

平淡是真

启功不说别人的字不好，守传统不变，保持晚节，怕别人非议。

做人平淡，字亦然。为别人活着，为取悦于人而故作姿态，为出名而做好事，那不是真正的自我。

写字为让别人说好，可悲！

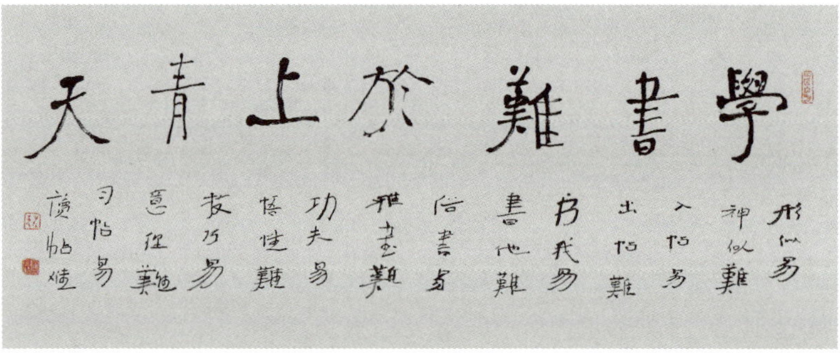

书法热的原因

名是动力，名是催生利益的添加剂。好多人陷入展览、出书、获奖、竞聘教授或院长的热潮里不能自拔，不分真假。有人靠此发财，开展会，拉名人，发奖，出国观光。文人不甘寂寞纷纷加入，商人更是乐此不疲地买字以取得更多利益。有的领导以为屋里挂有字画就是文雅，结果正中牟取利益者的下怀，以致书画界与潜规则媾和，假画伪画充斥市场。甚至有的人收藏了一屋子字画，却没一张是真的。

市场之悲，也是艺术之悲！

难以说清好坏的书法，说它好它就好，不好也好。有的男士为了当艺术家，故意留长发来包装自己，以为长发就代表艺术，实质是为了掩盖自己的无知，掩盖自己内心的恐慌和不安。

现代人张扬个性，崇尚寻找自我，有些人却盲目追逐名利，以期得到社会的认可，这或许是形成书法热的原因之一。

关于书法品评与审美

随着书法艺术的普及，欣赏和品评书法的审美标准引起了人们的普遍关注和重视。昔人评书没有完整系统的标准，喜欢中和美者贬低朴拙古雅，崇尚自然美者菲薄温柔敦厚，或以一隅之见妄加评骘，或胸无主宰人云亦云，或以庸眼俗目慕势吹捧，或孤标傲世目空一切。古人评书大都片面强调个性美而忽略共性美。艺术美的多样性掩盖着本质的共同性，人对艺术主观感受的差异性又掩盖着其内部规律的客观性。因此，必须拨开形式的迷雾，绕过崎岖肠道，用共性美的尺子去确定欣赏和品评书法美的审美标准。笔者愚见，书法艺术的共性美有如下几个方面。

气势美：书气有士气，有俗气。士气之作，生机盎然，如龙跃天门，虎卧凤阁，充满生气，激人奋发，启人深思。清代刘熙载在《艺概》中说："凡论书气，以士气为上。若妇气、兵气、村气、市气、匠气、腐气、伧气、俳气、江湖气、门客气、酒肉气、蔬笋气，皆士之弃也。"俗气之作，暗淡僵化，死板呆滞，无神采生机，令观者心灰意冷。

结构形式美：看笔画的穿插搭配，看疏密虚实、大小高低的平衡协调，看宽窄长短、粗细肥瘦的和谐对比，看开合伸缩、参差错落的多样统一。奇而不怪、巧而不俗，是不见雕琢的艺术品，是轻松和谐的交响曲。

变化与创新：创新不是生编硬造，字出无源。作者悟透传统，长期与古人对话后自我心意的表露合情合理、有根有据。但若笔笔都是自己，通篇不见传统之作，也不是创新，而是早产的怪胎，是书匠的信笔涂抹。

点画形质美：看点画外在形式如方圆曲直、藏露粗细，内在形式如质感、分量、力度、韵律等。点画要有浑圆的立体感，要有自然张力和藏骨包筋之美。不同点画表现不同的神采气韵和作者不同的学养水平。弘一法师书法线条简洁精到，表现了他的空灵心境；颜真卿点画苍古博大，表现了他的正直笃诚。

笔调韵律美：看用笔节奏变化，如轻重快慢、肥瘦动静、浓淡枯润。通过点画明快强烈、含蓄细腻、豪放沉静的变化感动欣赏者，使其生发感情，激发情思。

内涵意蕴美：南朝齐书法家王僧虔说："书之妙道，神采为上，形质次之，兼之者方可绍于古人。"一件作品有了功力技巧只是一件躯壳，只有见到灵气才富有神韵和生命。书法家具备了功力和灵气才能写出好的作品，才能闪烁美的意蕴。

人化自然美：作品自然潇洒，格调一致，布局合理，错落有致。不见刀斧砍凿之痕，不露矫揉造作之迹，不故弄玄虚，无刻意包装，无加工润色，是自由挥洒、无意于佳乃佳的上乘之作。

风格个性美：一件佳作，风格鲜明，个性突出，神完气足，光彩夺目，字里行间凝聚着作者的思想情感、学问品性。如王羲之的潇洒飘逸、欧阳询的挺拔险劲、怀素的豁达豪放、刘墉的骨劲貌丰，还有平淡简洁、清润明快、苍朴古拙、浑穆沉凝，都是风格个性美的写照。

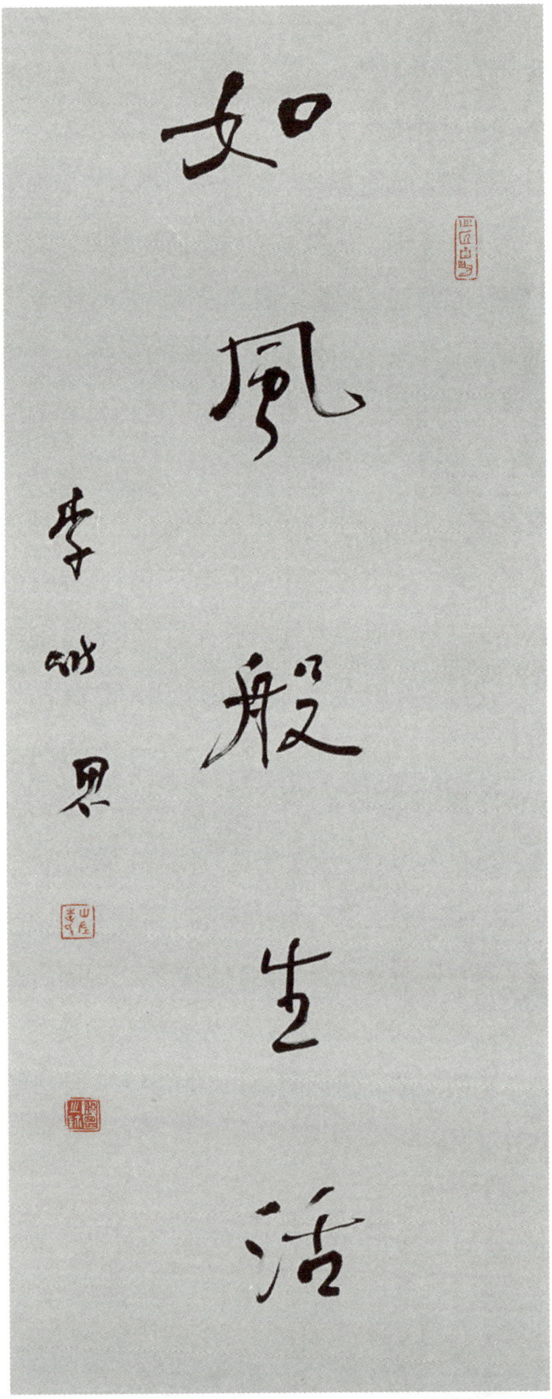
如風般生活

杂谈篇

发展才是硬道理

要想强要想富，要想大发展，就要付出一定的代价。

观念矛盾、新旧矛盾、贫富矛盾、善恶矛盾、城乡矛盾等，说明了矛盾存在于一切事物中，存在于一切事物发展过程的始终，我们就是要在这些矛盾中发展壮大。

在全国人都穷时提出“让一部分人先富起来”，这是符合时代要求的。如果当时不紧紧抓住发展这个核心，而是停滞不前，就没有今天的辉煌。现在人人都想富起来，种植养殖、经商、办企业、搞第三产业等，个个干劲十足。

中国的发展足以证明：发展才是硬道理，这是颠扑不破的真理。

新文化的期盼

在物欲横流、人心不古、道德沦丧、信仰缺失、腐败之风盛行、诚信匿迹的现实世界里，谁也不信谁。有人拿儒家经典与之抗衡，成立私塾，让孩子诵读《三字经》之类的读物。

有富必有穷，争名夺利不讲仁义礼智信，不讲良心道德，要想治现代的“病”，只靠传统的道德忠孝之类的药是不见效的。要想让其发展，需要有一种共同生存、共同富裕、安全平等、自由文明的新文化。阵痛是必然的，但不是绝症，也不是病入膏肓。

我认为，只有传统文化、现代文化、西方文化三者相结合才能形成中国未来的新文化。

人的动物世界

繁衍后代是动物的本能。今天动物仍旧在履行这种本能，如狮子、虎豹豺狼、鳄鱼等都在为培育后代能安全生长不惜付出生命。而文明的人类却有这样一部分人，抛妻弃子，自寻其欢。“苟不教，性乃迁”也！

人与其他动物的区别在于人着衣装扮以善美遮丑恶，而其他动物裸露无遮不分善恶。然而在自然动物世界里尚有良知，在人的世界里却存在种种的恶行。

如果人类没有了信仰，没有了仁爱孝悌，没有了亲情，大家都在为金钱争斗，原欲原恶发作，那么人类就成了人形动物。

不同的人生

人都喜欢对社会有创造的人，为别人付出生命的人，只付出不受益的人，只受累受罪不讲享福享受的人，给别人造福不要回报的人。人们称这些人为英雄，尊敬他们，崇拜他们，让他们流芳百世，让他们永垂不朽。

人都憎恶那些不想创造只求贪图享受的人，他们争名夺利、尔虞我诈，剥削穷者，压迫弱者；他们豪华奢侈、腐败堕落，挥金如土、贪赃枉法；他们享尽荣华富贵，为享受而活着，为自己而活着。

世上还有一种人，他们既为人类创造，也为人类奉献，他们利己不损人，他们既劳累又讲享受，他们不张扬，平凡而快乐。

现实不是理论

宋儒多认为人性体现天理，故“性”与“理”义亦相通。而我以为：天理，人之心也。

纵恶者就是恶，容恶者就是无能。

事物皆有阴阳、虚实、内外、明暗、善恶、正邪等两面性，按其欲而用之。管人做事皆需要看 A、B 两面，方见其质。

现代人的价值观

披着善的外衣、戴着善的面具、说着善的话语，很多人当着教人行善的师傅，既羡慕身份地位，又嫉妒身份地位；既羡慕荣华富贵，又嫉妒荣华富贵。现代人的表情越来越丰富，感情越来越麻木，身体越来越肥胖，心灵却越来越空虚。

利益成为事业的润滑剂。在利益面前，谁能自问？

什么是善？你是善者吗？你周围的人善吗？什么是恶？你是恶者吗？你周围的人恶吗？什么是正义？你是正义者吗？你周围的人有正义感吗？什么是公道？你公道吗？当今世界公道吗？

我们应当有一种正视社会、直视人生、揭示人性的勇气，不做懦夫，不做贫弱者。

站在多元的世界里

如果这是强与弱的世界、善与恶的世界、羊与狼的世界、富与穷的世界，那么你站在多元的世界里，会怎样选择呢？

人的一生是短暂的，却要历经酸甜苦辣咸，饱受痛苦的折磨。也就不难理解人类为什么睁开眼第一声会啼哭了，且不管是对今世无情世界的恐惧，还是对前世有情世界的追忆，人生注定要在磨难中获取自己生存的权利。

贫弱者往往依靠天地，在遇到磨难时，他抬头问天，天不应，我曰天道无亲；在遇到困苦时，他低首问地，地不答，我曰大地无情。其实，人在天地之间行走，都是为了自己能饱暖而居、穿衣而行而劳动的。

有的人，一生贫弱却不知反省；有的人，从一开始就凭借知识懂天文明地理。后者顺天应时，按照自然法则而选择当强者不当弱者、当富翁不当穷种、当智者不当愚者、当车辆不当铁轨、当大梁不当土柱、当大王不当喽啰。只给好汉子拉马抬蹬，不给懒汉子当祖宗。

每个人都有选择的权利，无论你怎么选择，人生都是一辈子。但是有志者会百折不挠，决不服输，那么他的一生即使饱受苦难，也是值得颂扬的一生。

美好的说教

自古到今，人类社会从不缺少美好的说教（官场的、商人的、行善的、骗人的），问题在于好说法总落不到实处。很多人都是说与做不一致，都是在损人利己。很多时候，不仅是当官的、有钱的人不讲道德、伪装骗人，平民、贫穷者也不讲理，也无德骗人。

其实一个人的道德水准与他有多少钱，当官还是为民，受没受过什么教育，有多少知识，干什么职业，模样长得丑俊，是否出过国等都没有关系。

人们都在说，人们也总是在盲目地听而不看行动，这是一种虚伪的文化。有的人看似表面在行善，实际做的是恶事，内里是恶，暗中也是恶。更有甚者，打着善旗行恶。

本善的恶源

在“人性本善”的诱惑下，人的任性、懒惰、嫉妒的本性恶源一直被善良遮掩着。有的人是在善的欺骗下，打着善的旗子行恶的，善恶的关系因此而混乱不堪。

人本来就是善的，学恶了，再让他回归善。从善—恶—善里，多了一个过程，善恶更难分。

人只有自觉革恶的命，才会人人恨恶、人人喜善，才会行善不为己、不图回报。为己出名行善的人，求的是报答，并不是真善。

问题的症结

自汉以来，中国古代帝王都是在遵循“诚意、正心、修身、齐家、治国、平天下”和与人为善的儒家学说下教导统治人民的。他们不仅把这些思想当作道德准则，而且还当作漂亮外衣来获取百姓的信任，背后却是无情地实施人性原恶的“任性、懒惰、嫉妒”。

有的官员披着“为人民服务”的外衣在实现自己的利益，从而导致权力个人化，穷富悬殊，等级分明。

是人性本善遮住了人们的眼睛，封住了人们的心灵。只有把“为人民服务”提到一定的高度，假恶丑才可能露出真面目。

爱富不欺贫

“穷人并非没有信用，穷人并非没有能力，问题在于没有资金支持。给穷人起步资本，银行与社会和谐。”2006年诺贝尔和平奖为此而授给孟加拉国乡村银行的创始人穆罕默德·尤努斯。

是的，给穷者起步资本，是银行作为和谐社会组成部分的一份责任。

地球上的每个人都有过上幸福生活的权利，然而世人都有嫌贫爱富的观念。银行也不例外，喜欢把钱给富者，因为收回容易，不需考察，风险小而且省人力物力。

所以银行现在不仅要顾及自身的效益，也要担负起构建社会主义和谐社会的职能，给弱者一个赢得成功的公平机会，帮助落伍者起跑。

于此而言，和谐不仅是一种理念，也是一种责任，更是一种关爱。

这个世界会好吗？

梁漱溟的《这个世界会好吗？》认为人类面临三大问题：一是人和物的问题；二是人和人之间的问题；三是人和自己内心之间的问题。

我认为作家是关注时代变迁、思考人生命运的人。

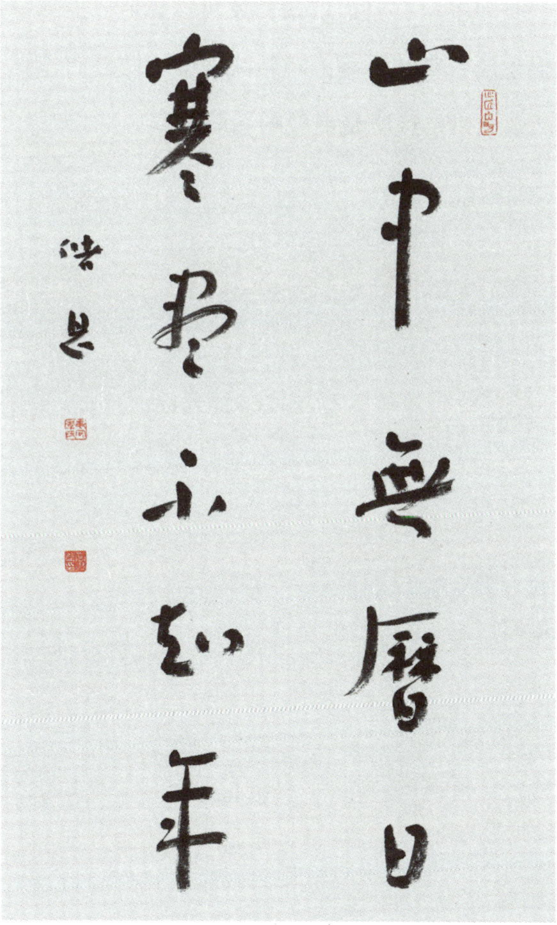

沉思与领悟

中国人信仰社会伦理，我们从西方看到，人们用财产和知识的富裕来弥补精神的贫困。

物质生活与精神生活并不能画等号。生存的压力才是根本原因，人们因情绪激愤而陷入精神疲乏的旋涡不能自拔。

任何事物的背后都存在其本真，只有领悟真知、静观社会、沉思人生、质问生命、上下求索，才可以做到不悲观，不厌世。那些寄希望于以否定和不满的情绪来改观人生或社会的人，因追求受挫而产生危机，这就是灵魂的切肤之痛。

滥用感情的恶果

讲利益不讲情义，讲情义不讲利益；利益是永恒的，感情是暂时的；没有永恒的感情，只有永恒的利益。情义源于感情，利益源于理智。

在别人看来是游戏，而你却当真，别以牺牲家庭为代价去办任何一件傻事。不去享用幸福而去追寻苦难，这难道是聪明的做法吗?

滥用感情结下的恶果必须用理智才能化解。如果继续把这生硬的苦果让别人吃下，而自己虚荣无能、推卸责任还装出一副让人尊重的样子，那就是可悲的。

从慈善看社会责任

慈善本是社会对弱势群体的一种关爱，是富者强者回报社会的一种感恩方式，是一种良好的社会风气和责任。但不幸的是，慈善的背后总是充满矛盾和无奈。

事件一：某市 19 名女企业家与 22 名贫困大学生结成帮扶对子，承诺 4 年内每人每年资助 1000 ~ 3000 元不等。但一年多来，其中 5 名大学生没有主动给资助者打过一个电话或写过一封信，甚至没有说过一句感谢的话。

观点：有目标的捐助，受助者不感恩，认为强者帮助弱者、富者帮助穷者是应该的。

捐助者认为受助者缺少报恩观念，受助者认为捐助者为让他们报恩才捐助。人们在慈善的认识上存在偏见，我认为捐助者应该把救助他人看成对社会的责任感，真正有社会责任的行为是不图回报的。

事件二：某市 5 名企业家捐助 20 万元给政府某慈善机构用于贫困大学生上学，但此款被慈善机构用以买了汽车或其他办公用品。

观点：有目标的捐助，不被受助者说好，得不到道德的赞誉，而有的慈善机构却挪用善款，慈善者还愿意做慈善吗？

从以上两个慈善事件中我们可以看到，假如慈善者的行为动机不纯，或为沽名，或为忏悔，或为高兴，或为借此发财，就不是真的慈善。

同样，作为慈善的中介机构，一旦缺乏公开透明的运作机制，就会导致渎职腐败的行为一再发生，结果是严重打击了慈善捐助方的积极性，让慈善沦为民间个人行为而不是社会行为。

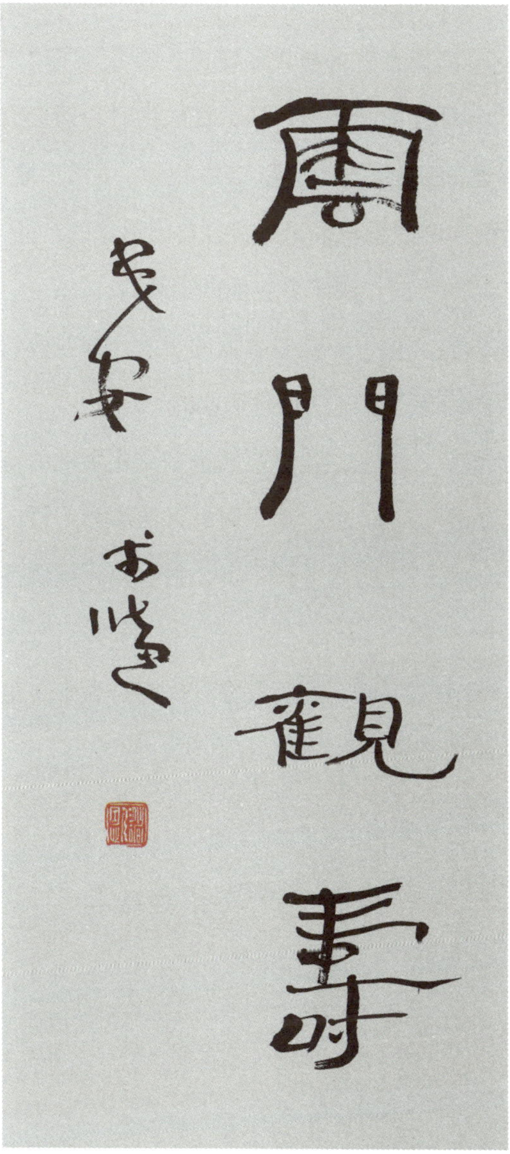

利益的交锋

全球经济一体化，科技进步，政府管制放松，市场竞争加剧，为获得消费者认可，一方必然压倒另一方。

文化亦呈现多元化，消费者需求随之多样化。顾客为了寻求特定生存方式以确认社会对自身形象的认同，在购物时一般会有一种潜移默化的行为心理，自动将“价值观、自我定位、生活形象、自我体验的感受”作为购物的潜意识来选择符合自己形象的产品。因此，消费者左右着产品的方向，决定着企业的生死。

无论华尔街金融家的公文包，还是艺术家的长发，抑或政府官员的西服，都是在这样的背景下确立自我形象的。

在诸多形象认同的背后，信息的竞争实质也是文化个性的竞争。比如，电台、报纸、图书、杂志、互联网每天像炸弹一样向我们推送大量的信息，让我们无所适从。于是，引起当今社会注意的能力也就成为稀缺的资源。

当十个商店面对一个消费者时，商店各方有反应；当十个消费者面对一个商店时，消费者各方有反应。

其实，无论是买方还是卖方，本质都是利益的交锋。

心不是法律

谁也不会想到，植物人特丽·夏沃的生死，会成为美国人关注的一件大事。

特丽·夏沃的丈夫迈克尔认为妻子活着已经失去生命的意义，要对她实行安乐死。虽然特丽·夏沃的父母反对，但法院仍然同意了迈克尔的请求，判决拔掉进食管，给特丽·夏沃实行安乐死。

美国总统布什获悉后说：我们的社会、法律和法院都必须以尊重生命为前提。然后命令医院给特丽·夏沃插上进食管，让其继续活着。

到底谁能决定一个人的生死？是父母？是子女？是丈夫？是妻子？是法律？是总统？还是自己？

可见，道德与法律的本质仍是人心的斗争，但心不是法律，法律必须战胜个人的感情。

理智永难胜感情

泰森何以败于刘易斯？

以往泰森之所以所向披靡，是因为把天外有天变成天外无天，把天下有人看成天下无人。就凭这感情的支撑，他藐视一切对手，也就胜了。所有对手，包括势均力敌者，总是以为泰森强，便想办法对付，而泰森是用感情来打拳的，是跳出技法束缚的，无法对有法，必胜无疑。

2002 年 6 月 9 日，刘易斯在第八回合轻松将泰森打翻在地。我以为泰森在用理智，刘易斯在用感情。泰森把感情火压住了，害怕它着起来，再有咬人耳朵的事发生，并为之付出代价，理智感情都没了。

而刘易斯正相反，他在细思败给泰森的多种原因之后，一改以往理智上重视泰森的习惯，把轻胜泰森变成感情，把有法变无法，把紧张变轻松，压住泰森的迅猛之后，接着就是挑逗。泰森的感情之火被理智压住，无生猛之力应付，也就败了。

可见，超感情的感情是理智，超理智的理智是感情，理智永难胜感情。

剥落人性

虎毒不食子，毒是丑恶，不食子是善良。

虎靠捕杀弱者生存，狼也靠捕杀弱者生存，富者强者皆靠剥削弱者生存。

也许你会说虎毒尚且不食子，何况人乎？但人非虎，却比虎有更强的人性之恶，否则也就没有皇家弑父杀子的事了。

许多人的毒，都因他的家、他的爱。如果能爱他自己、爱那些“爱他的人”，也许就不会有那么多悲剧发生了。

脱下善良的外衣，摘下仁义的面具，撕破美丽的绵掌，识破骗人的谎言，露出的就是人的本性。

皇帝的新衣

不少人穿着“皇帝的新衣”笑眯眯地在街上行走。

一个妖精变成老者向唐僧师徒乞讨，唐僧以为是真，因为唐僧认为人都是善良的。八戒、沙僧怀疑是妖，虽用心，但法力不到，也没看出来。悟空火眼金睛，老者现出妖形。带着世俗的理念是看不清穿不透带包装的外壳的。

你看街上那些笑容可掬、昂首挺胸、着色鲜亮的人，他们或许穿着皇帝的新衣。如果你没有悟空那样的本事，你就看不透。

人的果子

大部分人的人生目的：或为生产，或为财富，或为自己。但是很少有人诘问人的果子、干事业的果子是什么。

通过阅读，我们可知作家的果子是小说或散文。那么，农民的果子、工人的果子、科学家的果子、书画家的果子呢？

且不管人的角色怎样，他一生中最重要的果子却在于为人类贡献了什么。是发明还是创造？是科学还是哲学？是艺术还是思想？每个人大致都可以找到自己的果子，只要你肯付出。

人心都有一杆秤

每个人心里都有一杆秤——善恶、美丑、黑白、冷热、好坏、甘苦……

心秤，各有各的使法，有人称什么都觉得是平的，有人称什么也平不了。有人觉得平了是受罪，有人觉得平了是享福。有人一辈子没平过一回，有人平了一辈子。有人认为心平当不了官，发不了财，有人认为当官发财的人也不都是心不平的人。

寻找充实

市场竞争打乱了传统文化构筑的运行机制。工业的出现、科学的发展、物质的丰富、新道德的产生、人口的流动集中以及三代人的鸿沟同时显现，于是新的文化诞生，并健康运行。

物质丰富使挨饿受冻、目不识丁的人一下子进入小康社会。于是，个个都觉得自己了不起，只为吃一样的饭，穿一样的衣，坐一样的车，生一样的病，找一样的大夫诊断，吃一样的药，享受一样的信息设施。

以至有的人钱够用了还拼命地挣，有的人生活得很幸福却总是嫉妒别人，有的人吃不进去了还拼命吃，有的人标榜知识无用却拼命地学。

人们试图以物质的丰富来寻求精神的充实和证明自己的人生价值，岂知是愈走愈远。

因为懂得，所以心安。于是，我以动养身，以静养神。爱其所同，敬其所异。求同存异，爱同敬异。对友以诚相见，以礼相待。善待老本，取之有道，用之有度。且心不存憎恨，脑不存担忧，与人为善，生活简单，少索取，少期盼，多给予，多奉献。这就是我所寻求的充实人生。

判真的本领

在你倒霉、下台之后，对你不离不弃的人才是真朋友。光用利益标杆来判断朋友是不够的，还应加上感情。

知识、健康、亲情，真正有价值的东西用钱是买不到的。

虚无缥缈的世界

有一种人这样看待事物：在他眼里，对自己有利的人是好人，对自己有利的事是好事；对自己不利的人是坏人，对自己不利的事是坏事。

有一种人本来是为名利而做事，是自私的，但在他嘴里，却偏说成为国家，为他人。为了什么就是什么，人本自私，为什么非说为公，为他人？

还有一种人，在现实的世界里，厌倦了尘世，内心充满了痛苦，迷失了方向，消极地面对人生。岁月长逝，人已见老，就这样碌碌无为地离开这个世界。

作为人来讲，生于斯世，当以积极的入世心态笑对人生，直面社会，勇于奋斗，挑战艰难，从而创造与奉献自己的价值，那么，你的人生就将如太阳一样熠熠生辉。

自求真趣

谁也信谁，谁也不信谁。谁也服谁，谁也不服谁。

谁都想改变别人，谁都想当别人的老师，其实他忘记了，别人也和自己一样，都想改变别人，都想做别人的老师，所以谁也改变不了谁，最好先做好自己。但很多人都忘记了自己最应该做好自己，这才是时代的悲剧。

生命的真意

1

当国家大乱时，当自然给人类带来灾难时，悟透生命的人都知道命运从来都在自己手中，而不是在别人嘴里，也不在书里。

只有遵照现实，遵从生命之真，“信仰的坐标”才不会错位倾斜。因而，即使再有诱惑力的参照系也影响不了你的身心健康，这或许就是我们生命的真意。

2

现代社会物质并不匮乏，匮乏的是精神。

人们一味放纵私欲，追名逐利，放任心神荒芜，哪怕伤及自身，甚至坠入无知的境地，也决不醒悟。

每个人都觉得自己的生活被衣食住行等杂事填满而烦躁无味，总看到别人生活得有趣。

聪明的人在物欲社会的残酷现实里，既张扬私欲又节制私欲，既同情弱者又善待强者；既在心灵之外洞悉世界，又在心灵之内感悟人生。快乐是其生命的旋律，付出是其生命的音符，他总是将付出和生命挂起钩来，以此感知生命的真意。

灵味说

情味是物质的、平面的、利益的，因而也计较穷。

灵味与情味不同，没有灵味感觉的人是闻不到灵味的，这味是多元的、立体的，超越人味的味，是形而上的灵魂，是在生前另一个世界的感觉。是我对从哪里来的诘问，是对我到哪里去的追源。

有了这个味，不再是悲伤，也不再是喜悦，而是一种快然自足。

心眼儿说

脑细胞上百亿，心眼儿有多少？古今中外尚没有定论。有人说“心眼儿和麦根子垛似的”，又有人说“人就两个心眼儿，一个好的，一个坏的”。

有人好心眼儿不够用，有人好心眼儿用不着；有人坏心眼儿不够用，有人坏心眼儿用不着。

其实，人的心眼儿总数都差不多，重要的是心眼儿的质量。心眼儿不全是好心眼儿，也不全是坏心眼儿。

需要用好心眼儿时，你没用，你庆幸自己的聪明；需要用坏心眼儿的时候，你没用，后悔终生。有人坏心眼儿多，有人好心眼儿多。有人有十个心眼儿，就一个好的，但轻易不使；有人有十个心眼儿，就一个坏的，却不让它闲着。有人说人的心眼儿都是好的，有人说人的心眼儿都是坏的。有人说人就得光长好心眼儿，别长坏心眼儿；有人说人得有好心眼儿，也得有坏心眼儿。

成功说

每个人都是成功者，都可当官，成大家，成强者、富者，只是因为环境、条件、机遇、运气等因素，有的胜了，有的败了，有的富了，有的穷了。

一是人的出身决定很多东西，生在不同的环境中，会大不相同，没有接受良好的教育或不见世面，终日为果腹而奔波，谈何成功？二是遇上什么人，是好人、坏人、聪明人、糊涂人，影响大不一样。

某人成功了，当了什么长，升了什么级，有本事了，很多时候就是他的运气好，他受到了好的教育，得了好机会，遇上了聪明人和好人，谁有了这些条件谁就会更容易成功。

个人的因素也很重要，如努力、勇敢、天赋这些因素，只有在适应时才能发挥。

玩　说

人生来就是玩：大人教着玩，他人逗着玩，自己学着玩。

玩玩具，玩游戏；玩书本，玩文字；玩农具，玩泥土；玩工厂，玩机器；玩体力，玩技术；玩生命，玩精神；玩过程，玩结果；玩清闲，玩苦乐；玩善恶，玩仁义。

忙着玩，闲着玩；笑着玩，哭着玩；醉着玩，醒着玩；为自己玩，为别人玩。

不管玩什么，只要你把它当作生命的一部分，你玩的那部分血脉就会畅通无阻。

包装说

在我的故乡，我看到有人插两支钢笔不像文盲，结果真是文盲；有人板板正正的，不像未成家的光棍，结果真是光棍；有人明亮的眼珠不像看不见的，结果真是双目失明；有人虎背熊腰不像没有劲，结果是糖尿病……世上的人，皆是以伪装来保护自己的利益，谋取生存的机会。

除此之外，语言也是每个行骗者包装自己的有力武器。古老的历史书上，我看到那些穿着破烂的人穷酸潦倒、无人理睬、门可罗雀，那些包装富贵的人家有万贯、人来人往、门庭若市。如果摘下仁义的面具、脱下伪善的外衣，你就会发现身份级别越高的人包装越高级。

世上的一切啊，仿佛是那“俗世的价值”，教会了人们不愿意以真面目示人。

不同的坐标

穷人说，钱是好东西；政客说，权是好东西；乞丐说，美味佳肴是好东西；病人说，健康是好东西；老妇人说，年轻是好东西；商人说，利润是好东西；画家说，色彩是好东西；囚犯说，自由是好东西；母亲说，孩子是好东西。

人们对什么是好东西都有不同的坐标，都出于自身的喜好。

但是当一个人为了实现自由、幸福、舒服的目标时，最好不要损害他人利益，不要让他人有所牺牲。最好不要忘记自己的责任！

图书在版编目（CIP）数据

畅想录 / 李储恩著. -- 北京 : 光明日报出版社, 2021.10

ISBN 978-7-5194-6329-8

Ⅰ.①畅… Ⅱ.①李… Ⅲ.①随笔－作品集－中国－当代 Ⅳ.①I267.1

中国版本图书馆CIP数据核字(2021)第182427号

畅想录

Changxiang Lu

著　　者：李储恩

责任编辑：曲建文　许黛如　　　责任校对：傅泉泽

责任印制：曹　净　　　　　　　封面设计：吴佩元

出版发行：光明日报出版社

地　　址：北京市西城区永安路106号，100050

电　　话：010-63169890（咨询），010-63131930（邮购）

传　　真：010-63131930

网　　址：http://book.gmw.cn

E－mail：gmrbcbs@gmw.cn

法律顾问：北京市兰台律师事务所龚柳方律师

印　　刷：河北泓景印刷有限公司

装　　订：河北泓景印刷有限公司

本书如有破损、缺页、装订错误，请与本社联系调换，电话：010-63131930

开　　本：160mm×250mm　　　印　　张：15.25

字　　数：180千字

版　　次：2021年10月第1版

印　　次：2021年10月第1次印刷

书　　号：ISBN 978-7-5194-6329-8

定　　价：68.00元